Hysterica
Passio

Hysterica Passio

Florencio de la Concha-Bermejillo

Copyright © 2012 por Florencio de la Concha-Bermejillo.

Registrada en conjunto con otros textos como "Ritual". Novela.
Registro Público del Derecho de Autor Nº 144755

Número de Control de la Biblioteca del Congreso de EE. UU.: 2012906109
ISBN: Tapa Dura 978-1-4633-2445-2
Tapa Blanda 978-1-4633-2447-6
Libro Electrónico 978-1-4633-2446-9

Todos los derechos reservados. Ninguna parte de este libro puede ser reproducida o transmitida de cualquier forma o por cualquier medio, electrónico o mecánico, incluyendo fotocopia, grabación, o por cualquier sistema de almacenamiento y recuperación, sin permiso escrito del propietario del copyright.

Esta es una obra de ficción. Cualquier parecido con la realidad es mera coincidencia. Todos los personajes, nombres, hechos, organizaciones y diálogos en esta novela son o bien producto de la imaginación del autor o han sido utilizados en esta obra de manera ficticia.

Este libro fue impreso en los Estados Unidos de América.

Para pedidos de copias adicionales de este libro, por favor contacte con:
Palibrio
1663 Liberty Drive
Suite 200
Bloomington, IN 47403
Llamadas desde los EE.UU. 877.407.5847
Llamadas internacionales +1.812.671.9757
Fax: +1.812.355.1576
ventas@palibrio.com

ÍNDICE

CANTICUM I
In vitro 1

CANTICUM II
Pacta sunt servanda 6

CANTICUM III
Finis coronat opus 22

CANTICUM IV
Addis abeba 31

CANTICUM V
Habeas Corpus 40

CANTICUM VI
Variorum 60

CANTICUM VII
De auditu 91

CANTICUM VIII
Mirabile visu (ekphrasis) 120

Quid fuco splendente genas ornare, quid ungues
artificis docta subsecuisse manu?
Tibulus, *Elegiae*, I-VIII: 11-12

quae modo dicta mea est, quam coepi solus amare,
cum multis vereor ne sit habenda mihi.
Fallimur, an nostris innotuit illa libellis?
sic erit: ingenio prostitit illa meo.
Publius Ovidius Naso, *Amores*, III-XII: 5-8

seu nuda erepto mecum luctatur amictu,
tum vero longas condimus Iliadas;
Properti, *Elegiarum*, II-I: 13-14

CANTICUM I

IN VITRO

abiendo llegado a la perfecta coordinación entre la fantasía y el control fisiológico de los impulsos de nuestra naturaleza parcialmente animal, así como al haber logrado el éxito y reconocimientos —como pretexto del arte y la gran literatura—; habiendo ocurrido el límite de lo congruente, y después de haber alcanzado los extremos de la libertad posible dentro de nuestro rito; habiendo llegado a eso —y mucho más, como se verá dentro de poco— estamos seguros que el hecho y abolengo exigen ahora, por lo menos a mi persona y a quien aclarar es su objetivo dentro de la vocación de escribano, contar los sucesos de la actual *hysterica passio* que padezco y que es una mimesis de mi entera biografía desde la perspectiva visceral y privada. Ha llegado el momento de presentar una saga elegante aunque poco trascendente sobre alguien que se perdió de la razón por unas pantaletas y la figura simbólica de quien dejó que se las quitaran; eso y más, y como introducción a lo que pretende ser arte —a pesar de que no me controlo— sugiero comenzar por describir la naturaleza exacta del vestido que la mujer cedió en algún otro capítulo sin recuperar, y cuya escena por demás atrevida como escatológica, se habrá de narrar más tarde con todos sus detalles.

Se trataba, en la señora morena y guapa que ya han conocido desnuda entre mis brazos y durante su breve inocencia; se trataba de un vestido largo, largo, en raso, satín u otra de esas telas que resultan en similares tentaciones de lo que cubren intentando evitarlas; de esas telas que en oro y sumamente entalladas, dejan pasar, por un lado, el aroma de la mujer hasta su amante o la persona (animal o niño) que en su lugar suplica tenazmente por sus atributos, y por otro lado, en sentido inverso y desde nuestra cercanía, aceptan el tacto firme de quien con lasitud acaricia, sin deformar mucho con su textura, generando la sensación similar que se tendría, si desnuda y preparada, se le probara directamente con los manos sobre la piel. Y sugerir lo que la piel femenina ofrece ya es bastante cualidad en una prenda, independientemente del diseño, y sin contar, dentro de otras más de sus ventajas, el énfasis que al tacto y a los ojos con creces realiza, de la figura de diosa, la silueta de madre, el estilo de amante, el carisma y la personalidad de la víctima recién estrenada, y de la que en un futuro mediato disfrutaremos por toda una semana.

¿Qué vestido fue entonces? Sí, sí, acertaron quiénes en su imaginación lo han descolgado –¿o de la mujer?–; se trata, repito, de ese vestido largo, largo, dorado, tubular del talle para abajo hasta los pies, largo, largo, con un botón de cremallera en la cintura; de esos modelos indispensables en las damas, para con sigilo y discreción, afianzar nuestra cadena al radio de sus actividades sociales, o en otra estancia y bajo la penumbra, de buenas y durante la noche, agregar una cola, para resaltar la majestad femenina durante las circunstancias especiales y festivas, características de la procesión. Era un vestido de esos de lejos amarillo, de cerca oro, tesoro lo que encierre –y lo hizo–, sedoso, brillante y muy sugestivo: esto último, por las cualidades señaladas en su textura, así como por la abertura diagonal que desde la cadera caía casualmente hasta la parte superior de los tacones; abertura que por otro lado, y ante lo estrecho de la falda, no permitía de las piernas gran libertad de movimiento –ni de tentación por consiguiente– ni mucho menos observar, al asomarnos con cualquier pretexto, más que la sugerencia falaz y simulada de algo divino y sustantivo, tesoro de su femineidad, no siendo en realidad en el papel más que unas medias de seda y transparentes, sostenidas por aquel liguero que con el tiempo llegaría a provocar una adicción.

Afuera de la mujer, en mi memoria o en manos de quien la custodiaba, el vestido resultaba más chico y estrecho que sobre su dueña. Conservaba el olor —afortunado—, el estilo y la clase, el honor de ser objeto de culto —o de nuestro ritual—, la línea, la luz, la magia, el tono, el brillo, el diseño, así como, al colocarlo en el aire flotando sobre algún recuerdo, la melancólica textura adoptada de la piel que conoció durante la noche previa y dentro de su primer amor. Ya afuera de la mujer, repito, y mientras esta desnuda, esperaba, temblando de emoción, las nuevas instrucciones —y permitía, aprovechando su condición, una que otra maniobra exploradora disfrazada de ternura sobre lo que recién se había descubierto— el vestido, ya afuera —y a su lado— ganaba en resplandor, belleza, recuerdo, espíritu y suavidad: situaciones y virtudes que justifican la conducta tan común como inexplicable del que lo disfrutaba, y que hace suponer eran la causa, también, al menos de manera parcial, de las flagrantes discusiones que sobre su posesión se originaba entre quiénes la acostumbrábamos acompañar, en ese heroico como difícil trance hacia la inmortalidad paulatina de su personaje.

¿Qué ocurría, resumiendo los eventos, cuando la mujer lo usaba y con el modelo en ciernes sobre su cuerpo —acariciándola— iniciaba la primera de las mil caminatas con su escolta dirigiéndose hacia el sitio destinado para su inmolación?

Para los que la gozamos alguna vez es simple asunto de evocación así como para los neófitos y lectores, se podría ejemplificar el caso, así como la imagen, con otra modelo, una rubia supuestamente alquilada para la demostración, mediana y de veinticuatro años de edad, altiva, orgullosa y con los ojos del color de una ave tropical a punto de quedar extinguida, que con el vestido que he dicho, por adelante rebasando el límite superior de su pequeño busto, y por atrás llegando en una hondonada a donde la línea media de la espalda... sí, sí, pero me han interrumpido; preguntan y exigen les diga en este momento, interrumpiendo las disertaciones sobre sus superiores límites en ella, si en realidad y de veras el vestido sobre el que estamos tratando, tocaba directamente la piel desnuda de la mujer.

Toquémosla a través de él para saberlo –aprovechando que la imaginación se ha coludido para vestir otra vez a la dama del cántico anterior–, con advertencia de que toda clemencia es transitoria. Gocémosla a través de la escritura o la partitura de mi fantasía, y así, recorriendo la mano desde sus axilas, que quedaban libres a la exposición y se le depilaban –antes de gozarlas–, recorriendo nuestra palma hacia abajo atrás y en profundidad, en el límite de la abertura que siempre distrae ¡perdón! –se podrá detectar– al puro tacto y con previo adiestramiento para cumplir tal objetivo –la presencia discreta de una pequeña braga de seda china y de color por averiguar–; más arriba, y a nivel de los pezones, la exploración resulta dudosa en cuanto a la presencia de algún lienzo adyuvante al vestido, sobre la superficie de lo que estamos tocando.

Teniendo pues, aún la duda, sobre la realidad exacta del modo en que nos fue preparada de su ropa por quien la adiestró, nos acercamos a su oído y en voz baja a preguntarle. Se le interroga de frente, una vez identificado el desdén con que nos miró directamente a los ojos, y así, colocando nuestra mejilla derecha sobre la izquierda de aquella modelo, aprovechando de paso el momento para aspirar el perfume detrás de sus arracadas –y comentarle la súbita excitación que la belleza de su cara y cuerpo nos ha provocado–, logramos obtener la información indispensable para diseñar las maniobras, planos, y varios escenarios, en que una vez consagrada se le desnudará de nuevo de pies a cabeza.

Sobre su respuesta sincera aunque precavida, sobre la voz de aquella ofrenda señalada por el destino para mi satisfacción, sobre las versiones que se pueden suponer en la voz de una mujer caída en la desgracia, podríamos eternizarnos en miles de cuartillas o teóricas especulaciones, y aún así faltarían palabras para describir lo que ella ha dicho, y que abreviado por motivos didácticos, implica la sensación de autoridad –del amante: mi persona– sobre toda su pelvis y bajo el satín al haberla explorado. Por adelante notaría, decía ella cuando aquello estaba ocurriendo, la firmeza de mi virilidad –en las manos– sobre su monte de Venus, interrumpido a medias por la caída parcial del calzoncillo, y que por atrás lograba a sus anchas y a sus nalgas –debajo de aquel modelito–, protegerlas de cualquier exageración obscena durante nuestro reconocimiento. De lo de arriba, se abstuvo de cualquier comentario pero ese "ayyyy" en el momento de tocarla, a media voz y junto a una expresión inenarrable, que incidentalmente provocamos –enfatizando la prolongación de la consonante en dicha queja– seguramente nos traduce la mortificación en el preciso instante en que con nuestro deseo alcanzamos territorio virgen en asuntos específicamente sexuales.

Pero ¡*caveat*!; suspendamos desde este momento cualquier intento fatídico que desequilibre nuestra sintaxis y estilo de narrar, así como de en un futuro considerar el amor como algo real y verdadero dentro de la narración. Esto con el objeto, por un lado, de no perderle el respeto a la mujer o a la palabra y a quiénes están leyendo, y asimismo, para evitar en ella cualquier distracción, por pequeña que sea, sobre la difícil tarea que en días previos aceptó cumplir al pie de la letra: asunto que a ustedes amigas y amigos, les costará un poco más de esfuerzo al leer para lograr comprenderlo.

Por último y antes de pasar al siguiente escenario del recinto y probar a otra dama –¿o a la misma?–, les confieso, al descubrir el velo de mis secretos y narrar con varios estilos y hasta con realismo mágico para acabar, lo que a mis amantes les va ocurriendo –al ser desvestidas–, que en ocasiones es difícil saber a ciencia cierta quiénes, de entre las damas o mis fantasías, son las exóticas divas que se exhiben haciendo un *striptease*.

CANTICUM II

Pacta sunt servanda

scoltándola por los lados y sin permitir titubeos, la domadora y yo mismo encaminamos a mi pareja de esta tarde hacia la habitación. Es prudente –para algunos indispensable– describir la naturaleza de su vestido y la manera en que a pesar de su color azul claro de tono brillante, el ramo cruzado atrás de la cintura, las hojas de tulipanes distribuidas en grupos de tres y lo raquítico del escote, este atuendo se confunde con la superficie de su exuberante silueta. Y al decir esto hablo de que debido a ese tipo de ropa –entallada–, que por su propia textura tiende hacia un abrazo adhiriéndose a la piel, logra de este modo y para mi provecho de la concubina, que se manifiesten fielmente los contornos y cualidades específicas de su hermosa figura. ¿Y si el traje al cuerpo desnudo lo traiciona y de manera cínica lo expone, dejando prácticamente nada de terreno a la imaginación, qué esperará ella más tarde con su pareja de visitantes, al momento en que la valoren de cerca para el inicio formal de su nueva relación dentro el ritual?

Y ella ya la sabía desde el momento aquel en que a media tarde y frente al espejo, amén de las instrucciones precisas sobre la postura y conducta de cada etapa del ceremonial, le indicamos la elección del conjunto para lucir y del cual despojarla esta noche de la que estoy por escribir.

Obligada a mantener la disciplina y a hablar en el tono más bajo de su voz, evitó cualquier protesta y asistida por su coribante femenina o hada madrina titular, quien le daba la mano para que no perdiera el equilibrio frente a nuestro juicio, se acomodó uno por uno los atuendos con los que esta tarde dentro del recinto la hemos adorado en turnos de tres.

Ya descritas las prendas y las tentaciones que generan en quienes acudimos a testificar su inauguración y lucimiento oficial en la modelo, resta sólo comentar su vuelo fantástico al desnudar a la que utilizaremos y que posiblemente sea motivo de un par de subsecuentes capítulos: ese espectacular escape aunque involuntario de la ropa —incluyendo lencería—, desde la silueta voluptuosa de quien ha perdido su libertad de decisiones respecto de su propio organismo, y que regresa de vuelta al origen dentro de los cajones de su recámara privada o la imaginación exaltada del escritor especialista en las modelos —o sea, yo—, quien no exento de melancolía y un impulso fetichista de difícil control, las reacomoda de nuevo sobre la superficie pudibunda de quien se azora por primera ocasión, ante la expresión de narcosis que en mi rostro despierta su particular anatomía. Ya descritos, pues, los paños: las sedas, ligeros, una toalla y sus calzones, así como los secretos que recogieron durante su visita a la superficie de la diosa; ya denunciada esa maravilla que resulta de observar la ropa interior como objeto independiente en el mundo de la estética, y de una manera no exenta de un vicio incontrolable —ajeno a la estructura fundamental del ritual—, ya descrito todo eso queda tan sólo describir a la hetera ya desnuda que se me regaló como recompensa a mi suerte en el azar, a ese cuerpo ya sin nada más que el valor y estilo personal para continuar caminando con la sola protección de un gorro y sus tacones, soportando durante el aplauso la derrota que culminará con su humillación en el altar y enfrente de la plebe, y esa cara que a pesar de vivir una tragedia personal, es obligada a sonreír para con los que asisten a su sacrificio nupcial; y es que en los negocios de la lascivia y dentro de los requisitos materiales para preparar un orgasmo, si es que un rostro femenino aunque todavía no maquillado se va a utilizar como base de la exposición popular, deberá lucir con la seriedad de las facciones y de preferencia —en los labios— un esbozo ligerísimo tanto de angustia como de mortificación: factores ambos que indudablemente acompañarán a las cepas adecuadas de mujeres y que a su vez trasmitirán a sus descendientes —si el manejo de sus impulsos y su educación en la adolescencia se logran con las reglas estrictas de la etiqueta— y si a la elegancia, consecuencia directa de la domesticación y la doma temprana, se añade siempre un fondo potencial de rebeldía dejado a su libre albedrío.

Servimos el té y se encienden los cigarros. Hablamos de cosas ligeras. Terminada la breve pausa en que nos ha dado oportunidad de verla a los ojos por segunda y última vez, con sus facciones libres de adjetivos y maravillas del maquillaje francés, así como de saberle también las debilidades de la infancia que en este momento o un poco después y sobre la cama la pueden traicionar, finalizado todo esto, y mientras al ayudarla a ponerse de pie me inclino a su paso y le beso la mano que me ofrece con elegante desdén, continuamos el recorrido hacia su destino en el que supuestamente nos habrá de ceder la pureza de sus orificios más privados y hasta hoy dignos de respeto.

Para esta segunda parte de la marcha se establecen nuevos lineamientos. Se le vuelve a decorar y colocar parcialmente sus ropajes para de esa manera tener una nueva oportunidad y escena para desnudarla o exponerla de su cuerpo con puras fantasías; así, reinventando la sustancia propia de mi vicio y que más tarde habrá de estallar al descontrolarse los fundamentos de mi buena educación, la ayudamos a colocarse otra vez su lencería y se completa su atuendo con la clámide cubierta de chaquiras, los guantes de fieltro, la pulsera colocada en el tobillo, los tacones de plata —invaluables—, las medias transparentes que se descuelgan de su pelvis acentuando su firmeza, y el broche de zafiros sobre su busto, que marcará más adelante la frontera entre mis caricias y los besos de mi socia mayor.

Al admirarla de nuevo semivestida, recordarla desnuda y evocarla en un futuro inmediato de nuevo sin nada y a nuestra voluntad, hago un paréntesis de reflexión sobre el amor y las mujeres con precio, mientras mis manos descansan colocadas casualmente sobre sus caderas definidas por la seda ante mi exploración. De esa manera, verificando con el tacto lo que la razón me hacía suponer por mera teoría y su aroma me lo sugería al acercarme por atrás a rozarle el cuello con mis labios, caigo en la cuenta de la enorme complejidad a que llegado en el ritual —al enamorarme de un personaje y tener una erección—, y sobre lo difícil que es llegar a comprender lo minucioso de la empresa con aquel diseño de vestuario —el de hacerlo y el de ponérselo—, si su permanencia sobre mi bella dama que lo luce habrá de ser de apenas unos instantes. Absurdo llegará a parecer —inclusive para mi socia, no digamos para la señorita que es la materia prima sobre la que la decoración entra en funciones— el cumplir fielmente cada uno de los detalles de su presentación, si en unos cuantos segundos —no habiendo acabado aún la tarde— todo aquel producto de diseños y estetas europeos, desaparece tanto de nuestra vista como del contacto sereno de su piel apenas consolada; sí: ¡absurdo! —¿como cualquier trámite dentro del amor?— pues para los tres es evidente —y lo era desde que comenzó mi conquista— que a las primeras señales de la luz de la luna —y de acuerdo a la intensidad en que se ha ido desarrollando mi deseo— el traje vendría a ser ya sólo un recuerdo, y desde que comenzaron las dos horas de maquillaje —anteriores al asalto definitivo que aún está por venir— únicamente la pulsera había sobrevivido a nuestra presurosa cosecha.

Por otro lado, sin querer contradecir directamente a la concubina que ya a escasos minutos de verse desnuda deja de pensar de manera objetiva y seguramente se quejará de aspectos serios y no sólo aquellos frívolos dentro de su ritual, y sin querer tampoco tomar una actitud oficial en defensa de las liturgias y sus fundadores, le diremos a la mujer, junto con una caricia y una tercera mirada a sus ojos, que sin esos detalles –absurdos, obscenos, o mal entendidos– el amor no habría evolucionado de simple acto de rutina, a la ceremonia tan estéticamente compleja, a la que se verá sujeta como modelo sorteada y víctima experimental.

Guiándola así, toda la tarde, con nuestros brazos entrecruzados con los suyos; manteniendo siempre presente el contacto íntimo con su naturaleza y elaborando una conversación casual pero constante, habíamos cumplido toda la primera parte del trayecto, conduciéndola inconscientemente hacia este capítulo antes de su verdadera inmolación. La necesidad de haberla mantenido hablando en voz más alta, acerca de temas sobre su propia belleza y de la manera particular en que sus dos propietarios la aprovecharemos durante aquel ejercicio divino, tuvo la ventaja de distraerla de sus breves pensamientos y la amenaza velada de la sensación de ridículo, siempre potencial en una mujer preparada para su venta únicamente como satisfactor femenino; esto independientemente de su anterior odisea dentro de la jaula, al ser entrenada para con docilidad de su cuerpo aceptar cualquier ofrecimiento, y al ser también decorada como un objeto de lujo y uso del gremio masculino. Por otro lado, al ser exhibida a la multitud –hombres y mujeres– en todos sus atributos, y al hacerse presente, por lo menos en la imaginación de todo mundo que la ve marchando, no es difícil adivinar la humillación a que se verá sometida –y ella ya lo infiere– una vez adentro y colocada de manera correcta.

Ayuda también, por otro lado, a esa generación de los primeros estigmas de zozobra en la concubina escogida, por un lado, el despertar de mis instintos necesarios para mi labor con su organismo, como, por otro, el que la mujer domadora de guardia y escolta oficial de mi adorable pareja, relaje su postura –al rendirse parcialmente a los encantos de la que ha domesticado– y la seriedad y firmeza en su manera de conducirla semidesnuda y sin velo hacia la superficie del altar, cedan su lugar a manifestaciones poco maduras, propias de una adolescente ante su príncipe azul.

Sin embargo continuamos. El ritual se sigue y de él se escribe, a pesar de las debilidades de sus personajes. Nos detenemos ahora en el umbral de la segunda puerta, y una vez cerrada por dentro, se le retira el broche de brillantes mientras nuestra acompañante prende una linterna. Se le revisa de cabeza a pies y distraídamente se le entrega una caricia –donde caiga–; nos dirigimos hacia la sala y preparamos el licor que contribuirá a su rendición. La sentamos; se brinda –como se plasmará en otro capítulo y con otra mujer desvestida–; se brinda por ella y los que por esta noche le hacemos de sus propietarios; por el amor y trece pretextos intrascendentes agregados a sus ilusiones, por el valor necesario y voluntad de parte de esta dama al ceder por completo la iniciativa de su cuerpo a una pareja que apenas ayer conoció; por la belleza que apareció hace unos instantes bajo su traje de gala ya descrito y que han prometido donar a mi famosa colección particular y privada; por su familia, también, en particular sus hijas más crecidas, que ayer en la jaula de la que hoy se ha sacado para enamorarla de una manera nuca vista, ayer en su última visita, vestidas de una manera demasiado atrevida para las circunstancias estresantes de su madre y ofrenda último modelo, acudieron para despedirse de la persona desnuda detrás de los barrotes, y de paso curiosear sobre esta otra nueva manera de vivir y ser de su ascendiente confinada; brindamos por el éxito, en fin, de la misión a que fue destinada esta belleza que hoy estrena nuevo propietario, gracias al momento que los dados, rodando sobre un tapete verde de casino, indicaron con su valor aritmético expuesto a reflectores, el destino futuro de la que todavía en el hogar supo de esa mala noticia. Callamos después, por un instante, dando oportunidad a que termine su copa y esperamos doce minutos para evaluar su efecto sobre su voluntad. Observamos ese ligero rubor mezcla de la bebida y su desazón ante nuestra vista y comentarios, sabiendo perfectamente que es la señal para conducirla a un sitio más seguro dentro de aquella seducción. En seguida pasamos a la habitación tercera de la serie de siete —dentro del mismo capítulo— donde la persona modelo y doncella principal de esta ilusión sufrirá la etapa final de esa metamorfosis; en donde, desde señora individual y con la integridad propia de un certificado de bodas, paulatinamente se transformará en un presente de los dioses para con los amantes del arte. Le recito entonces las estrofas impuestas por la costumbre y por tercera ocasión ella fija su mirada sobre la mía —la primera, ya olvidada por la mujer en funciones, habría ocurrido al haber sido presentados aquella madrugada, todavía serena, cuando los portavoces de la corte le informaban de sus deberes en aquel día que hoy describo para mi futuro recuerdo—. Fue también el momento en que se distribuyeron los horarios alternos de las coéforas y doncellas que habrían de participar en los movimientos con mi pareja.

No se le dijo entonces el nombre de su dueño, ni la intensidad de su apetito, o la duración que llevaría este ensayo de la ceremonia futura y pendiente de consumarse. Tampoco a la prenda se le definen ahora —alejada de sus hijos— las reglas sociales utilizadas en este nuevo tipo de altercados, a los que se verá sujeta una vez ya conquistada. Al momento de reunirnos todos sabíamos —incluyendo a la víctima— que lo que a venir se presentaba era obra del destino y la divina voluntad, y cada uno de los protagonistas asumiría su papel de manera espontánea; menos ella por supuesto —quien ha cedido su plaza como en los finales de las mejores tragedias y ya sólo espera una conclusión breve de lo que será su humillación.

Para lo que sigue —que es la escena en que se le insiste comience a donar sus encantos—, se requiere como antes dije, de que la dama a medias, por lo menos, se habitúe, y evitar que al momento de la entrega, su pasado inmediato y su real naturaleza la obliguen a cometer una indiscreción. Todo es que al momento de desnudarla por completo se desquicie, o con su cuerpo —involuntariamente— cometa una torpeza, ya sea con ruidos indebidos o un movimiento atrabancado, o descomponiendo sus facciones o cambiando la calidad de sus colores –por la emoción–, o rechazando los instrumentos preferidos, o suplicando una tregua de pensamiento; todo es que algo de esto acontezca y logrará perderse la esencia –y su divina presencia– que tanto tiempo ha costado elaborar.

Viene en seguida el poema en el que entre líneas, y en tercera persona, la corifea sugiere que la víctima ceda las cualidades propias de su castidad.

Cumplido el requisito de la poesía –en verso–, se le sugiere que comience con la otra –la de su cuerpo–. A la ofrenda mayor –femenina por excelencia– se le indica el orden en que los atuendos de su cuerpo deberán desaparecer, y una vez que ella contesta que ha entendido, con otra caricia –esta vez en la nuca– se da marcha al último ensayo de la ceremonia –sin vestuario.

De pie y dando la espalda, inclinada la cabeza con su gesto, nos invita a llevar la iniciativa en las labores sobre su túnica dorada; los botones se le desprenden, el movimiento se prolonga y desciende hasta que aparecen las nalgas escondidas entre la seda (transparente) y descubiertas en su sorpresa –bragas de color secreto y delicado–; se le retiran las mangas de aquel diseño italiano, y los senos todavía coronados con su *brassière* diamantino, se aparecen sorprendidos frente a la domadora que atenta vigila. El vestido romano se escurre sobre sus dos piernas, caen los satines brillantes por el suelo y se le separan de los tacones, que gracias a la solicitud de la ofrenda y mayor criterio de las principales autoridades, podrán permanecer y acompañar a la mujer durante gran parte de los rituales del siguiente fin de semana, tales como en los cinco paseos pendientes por los jardines, al momento de la cena, en el tocador –por esta ocasión–, en la introducción de esta narrativa, a la hora del baile y con su tristeza, así como durante las celebraciones posteriores, ya en el decúbito y absolutamente sin nada, en que a excepción de los dibujantes de arte y musas escogidas, se restringe el número y acceso de visitas extrañas.

Alguien dijo que la esencia del arte radica en su tiempo en el espacio, y a mi señora se le lleva el ritmo de su drama corporal con la dictadura que ejerce la mirada –de mi socia–; se le acelera o se le detiene, se le anima o se le censura, y cada fragmento de su piel va apareciendo como en un sueño beduino del Sahara ante nuestros ojos de extranjeros. La ejecución de cada movimiento para desnudarla requiere de un prólogo, y para de cada parte del traje que se cede, el saludo y la despedida, la colocación de dichas prendas –de la prenda– en cofres especiales destinados a las joyas de la nación, su clasificación por especies o subgrupos, y su tratamiento con esencias vegetales para permitir su futura exposición al viento y al tiempo, a la gente y a la historia –su eternidad en mis sueños, ¡en fin!: a veces hasta conviene detenerse a contemplar a los botones en azucenas por convertirse– floreciendo sus senos espero se la imaginen.

Es aquí donde la domadora cumple la principal de sus funciones –refiriéndome sólo a su labor en esta velada y con mi pareja– pues en el nerviosismo de la señora en proceso y que fácil confunde al desnudarse la secuencia señalada, se le corrige y se le apoya en estos momentos tan difíciles como delicados. Es necesario que la tercera en discordia, mi asistente, elija exactamente la postura de la modelo para cada momento del rito y así, algunos ornamentos se le retiran mientras ella se encuentra sentada en la cama, a espaldas de su doncella, en cambio con otros, se le acomoda de hinojos y las manos cruzadas por la espalda –inclinación precisa y limitada; esto último ayudado por una almohada que eleva el ángulo de su pelvis. Unos más podrán ser reclamados durante algunos de los casi eternos como innumerables paseos, cuando ya haya caído por completo la noche y mientras en el camino triunfal, la mujer que es presa de su vanidad ante los aplausos, disminuya su atención sobre las prendas que aún la cubren de la ajena obscenidad. En el meollo del asunto –y a punto de mi primera eyaculación ante lo que tanto admiro– se le recuesta sobre las rodillas de su dueña que la recibe sentada, y mientras la víctima oculta el rostro en el regazo de la mujer que actúa como testigo, yo me encargo de retirarle, mientras me vengo, lo que falta para que sin nada excepto su hermosura y gracia divina, en diosa de la satisfacción se me convierta ahí acostada de bruces.

El universo de mi amante se elabora con el transcurrir de los instantes y el estilo, amén del orden en todas las cosas, incluyendo a aquellas que desaparecer es su destino, o estas otras como la emergencia paulatina de las regiones inmaculadas de su cuerpo. El ser es él y su apariencia, y por ello es que la institutriz se comporta intransigente con la manera en que mi pareja se deberá acomodar en cada instante. Se trata de celebrar una rutina, se buscan extender los límites de su cuerpo, explorar el arrojo y la valentía que es capaz de mantener la ofrenda sin la protección acostumbrada sobre su piel, y en los momentos en que su verdadera esencia se aparezca. Se insiste en explorar las variaciones litúrgicas de un amor obligatorio y por compromiso para con los visitantes y lectores; un romance, fruto de sus necesidades inferiores —esenciales— y un azar inexplicable; se intenta al mismo tiempo, hacer de cada momento una escultura y para eso, si alguien conoce a fondo cada rincón de su anatomía, es esta doncella que invita a mi ofrenda a descansar su rostro —y ocultarlo— entre sus piernas. Ese será el sitio de refugio y se le ha recomendado acudir en cualquier momento de emociones, como aquellas que vendrán ya en la madrugada con mis manos, o en dos semanas al ser ofrecida como residuo femenino a la gran muchedumbre.

A continuación y para fabricar un paréntesis —eufemismo del lapso en que me vigor regrese de su fisiológico reposo—, invitándola a levantarse y lucir una vez más como dama, reacomodándole la protección de satín sobre sus tetas —y nada más, excepto las sagradas bragas que entregará en mejor momento dentro de un futuro inmediato— recorremos de nuevo todo el pasillo, esta vez en fila india y por razones obvias, la prisionera de mi libido en medio de los extremos vigilantes. Cien metros adelante, al cruzarnos con las exclamaciones de júbilo del pueblo, junto a la fuente, quien la viese marchar totalmente convencida hacia un destino fatal para sus genitales, descubrirá que sobre la región de sus hombros se le han permitido ciertas concesiones difíciles de justificar con el tipo actual de disciplina; se le ha colocado el tocado sobre la cabeza y yo sigo sus pasos jalando de la cadena. ¿Por qué esta nueva caminata, si ya semidesnuda su cuerpo no habría resistido mucho a nuestras proposiciones? Se trata de que por un rato el viento y la niebla la modifiquen, y que después, una vez desnuda en definitiva y al momento de la entrega de su anatomía, me la encuentre fría y con la humedad de la piel exigida por el buen gusto.

Escoltándola en su destino una nueva domadora y mi persona, en complicidad de tareas, encaminamos los pasos de mi pareja de regreso a la siguiente habitación. Se comentará dentro de unos instantes la segunda parte de la conquista y para ello, la dama de compañía que ha tomado el relevo de la tarea en medio de los jardines —y ya cerca de la aurora— me sugiere frente a la ofrenda —y sin esperar su consentimiento o mirarla aunque la abraza, o escucharla aunque la huela muy cerca— que la enamore de nuevo con bellas palabras antes de cumplir con las necesidades de mi cuerpo que han vuelto a resurgir. Se prende de nuevo la linterna y se le coloca al lado de los cojines. Nos volteamos hacia el rostro azorado de la víctima, y mientras yo la distraigo metiendo la mano entre sus muslos, mi ayudante, a bocados su busto le vuelve a descubrir, de manera que, flotando frente a mi rostro, sus tetas con sus vaivenes nos vuelven a saludar aún sorprendidas —a pesar de que en la primera visita supieron de mi atrevimiento y la calidad de mis intenciones galantes.

Habrá entonces de venir esa etapa, pospuesta por primera vez en una serie de tres hace unos instantes, etapa que por tradición es infalible, y que consiste en suplicarle de hinojos a la dama, que se desprenda del último vestigio de su ropaje. Ocurre la escena como previamente se había planeado, también en voz alta y sin salirse una palabra del libreto diseñado con anterioridad y por tres dramaturgos para tal ocasión. Es esta una sugerencia entre comillas y expresada con el deseo; se acentúa la orden con las palabras escritas en un documento que alguna paje infantil –o en su defecto una ave menor desconocida por la ciencia– habrá de entregar a la dulce doncella sentada frente a su balcón, y que ante las palabras escritas –o la poesía subrepticia que en su interior oculte– no tendrá más remedio que retirar el velo de su bonita cara y responder de manera afirmativa que aceptará entregarme sin más ni más a nuestros vicios.

Como la mayor parte de las indicaciones a cualquier ofrenda –en especial a las que ya están amaestradas– esta solicitud de voluntades es a medias una simulación, una actuación y un ritual humano; se trata de una orden velada en sugerencia –o quizás cierta opinión de la estética– y se acentúa, a su vez, con el lenguaje expresivo de quien se encargó proponer dicha tentativa; se hace el énfasis, repito, con la propia mirada de aquel paje, pájaro, ave o mi impulso proyectado, que de súbito aparece con la mirada indiscreta, recayendo sobre sus partes aún cubiertas, mientras ella, ya sentada en la cama, a punto de claudicar, se disfraza con una queja al no saber a cual de los dos amos –yo o su subconsciente– deberá atender en tan comprometido momento.

Al miedo por el amor con algo similar se le maneja, y es la dama de compañía quien inicia el ataque por la espalda. Coincide su mejilla con la derecha de la víctima, y le susurra al oído fragmentos de un discurso desconocido hasta entonces, mientras, sin dejar lugar a la duda, desprende el broche por el que el sostén se mantenía. Yo, para entonces y mientras lo atrapo al vuelo en su caída, ya he separado sus rodillas para un mejor abordaje, y acomodo el ángulo de su perfil, para el siguiente verso del poema en que se le pide su ropa en latín.

Pide un cigarrillo, se lo ofrezco, le reclamo lo que resta de su ropa y se resiste; con el humo intenta ocultar lo que no puede; espera, agota, suda, puja, gime, fuma, voltea hacia ambos lados la cabeza; con sus brazos esconde de la vista la superficie de sus senos recién descubiertos. En la maniobra se imita un abrazo con el espacio, un encuentro con la nada, un idilio con el viento; aspira nerviosa el humo —viajando con mi deseo— y de manera presurosa acaba con la mitad del cigarrillo; me lo regresa con la boquilla inundada de su gusto y un color carmesí, y por fin y decidida, acepta a irse quitando poco a poco los calzoncillos que le he reclamado. Al hacerlo, pero aún sentada, y a una velocidad mayor al parpadeo se le detiene con un beso —en las manos activas—; se le interrumpe a la mitad de su noble tarea, cuando mi amiga le explica que tendrá que ocurrir de otra manera, con otro ritmo, otra postura y cinco minutos más tarde de lo anteriormente convenido. Se reduce entonces la intensidad de la luz, mientras con su jefa de protocolo, mi futura presa discute la cadencia y los motivos de esta nueva intervención sobre su forma, y subrepticiamente vuelve a acomodarse —por un último instante— las bragas que ya pensaba para este momento perdidas.

Hay tres maneras autorizadas e independientes para culminar el desnudo de la ofrenda —se escucha que le explican de manera general— favoreciendo los autores clásicos la horizontal verdadera, boca abajo, y en la que la misma víctima, escondiendo su rostro en el regazo de la maestra, y cruzando los brazos hacia arriba, deja de su cintura para abajo campo libre a los procesos de mi iniciativa —o a quien en mi lugar trabaje la parte masculina mientras yo lo escribo. Se le prefiere sobre las demás por simbolizar mejor que todas la pasividad por excelencia que tanto se persigue, y alguna señora que en el pasado sufrió dicha experiencia frente a mis ojos y ante mis satisfacciones, me relataba después y en la quietud de su vitrina, que el esconder la cara y evadirse —aunque de manera ilusoria— de la censura propia de su entrenadora, la había ayudado a tolerar mejor el sacrificio así como, sobre todo, aguantar sin un grito o un pequeño colapso, mi mirada de placer que desde su posición de desventaja adivinaba yo le estaba dirigiendo —o el aliento feroz de mis fauces preparándose para un beso— ¡mmm!

Probablemente sea inútil dicha clase de consuelos, pienso yo, pero ¡no me vayan a hacer caso! La razón va siempre del lado de las damas y sólo aquellas que su intimidad se ha regalado al sacrificio —y cuyas partes pudendas objeto de culto se han convertido— pueden hablar y relatar lo que en verdad bajo la espalda sintieron.

En esta manera de reclamo o en alguna de sus innumerables variaciones ocurre, que al adoptar esa postura de bruces, se añade el detalle lúdico en que la ofrenda ya casi perdida —imaginémonosla viéndola a la cara y apunto de estallar en llanto— recibe la visita de catorce querubines o figuras infantiles, quiénes además de ayudar a retirar la prenda sagrada, con flores tanto blancas como coloradas y en una tonalidad oscura, a la modelo despiden de su virginidad y festejan en su próxima nueva condición, por lo que se dice y se piensa, que estas niñas mujeres en edades todavía cubiertas por la inocencia de la vida, indirectamente llegan a servir —además de su función dentro de la fantasía— como una defensa psicológica para la dócil amante, que ya tendida se ha comenzado a estremecer y se encuentra a punto de llorar, imaginándose en el futuro inmediato, lo que inevitablemente en sus partes sagradas habrá de estar ocurriendo.

Ahora bien, en la segunda de las tres opciones de la ceremonia, ella, la modelo, y de una manera premeditada —inclusive practicada en el periodo de la jaula— contribuye activamente y con los dedos al desalojo de las bragas. Implica colocar la cara con la mejilla posada sobre el regazo de la dueña —de preferencia mirando a oriente—, esperar así la señal y bajar y echar atrás las manos para obtener, con un movimiento hacia atrás y guiada por la voz de la domadora, las bragas que entregará directamente en las manos del hombre que para la ocasión la está pretendiendo; requiere esta segunda alternativa de tan excelso ejercicio, una extensión posterior de los brazos y una ubicación exacta de dónde, dentro de esa postura, han quedado sus tacones, su dueña, la espalda, el lecho, su busto, el orden, el mundo, así como las manos del galán que juzga el acto y sacrificio. Exige, también, una mayor dosis de arrojo, pero al mismo tiempo ocurre que el movimiento, la ausencia de aquella otra pasividad absoluta, así como una última experiencia de control sobre su propia silueta, liberan algunas de las penas que afligen a la señora durante este delicado proceso. Se ha vuelto la elección favorita de aquellas modelos que, pese a su condición de objetos –y que ellas alegan se debió únicamente al azar– conservan aún ciertos estigmas de alguna liberación femenina concebida durante su juventud.

En la tercera opción para lograr el desnudo completo, que inauguró esperanza de manera espontánea, según esto, debido a cierta demencia; en esta última postura que llegó a generar la mayor controversia dentro de las últimas reformas a nuestro ritual, la ofrenda, una vez despedida por sus familiares menores y aún antes de que la domadora acuda a detenerla de la cabeza durante su utilización, se gira y se acuesta de lado, por lo que con su cara ofrece su gesto a la mitad del auditorio que observan boquiabiertos la escena –y sus ojos de humildad– durante toda la maniobra, mientras la otra mitad espera la sorpresa al verla descubierta y cedida a los impulsos, de quien con su vigor masculino habrá de inaugurarla una vez obtenida la prenda. En esta última posición –y actitud ante el destino– se puede a su vez hablar de su hermana y variante en el grado de iniciativa de la mujer acostada –como en la segunda–, o una última reciente modificación, en que con las manos por delante –y mientras recibe un ramo de flores por parte de un querubín de sexo indeterminado– a la mujer otra dama le desprende los calzoncillos a mi solicitud, siguiendo fielmente las instrucciones que ustedes ya deben haber leído.

El gran dilema aquí es para la gente del auditorio, porque ante este tipo tan especial de espectáculos que pocas veces es posible admirar en la realidad y fuera de este recinto, es difícil decidirse sobre que butaca elegir, ya sea aquí, del lado de sus expresiones faciales, para tener oportunidad de observar de frente a la mujer, y analizar en el brillo y diferente grado de inquietud en el color de su rostro, las emociones que lo que por atrás le ocurre y le están provocando, o definitivamente escoger por lo más evidente, y acomodarse en un asiento detrás y cerca de sus nalgas, para no perder en ningún momento de toda la obra, la oportunidad de gozar de sus dotes anatómicas y sobre lo que ellas es posible lograr. De allí quizás el origen de la tentación –y luego costumbre– de complementar el ritual utilizando un espejo, aunque luego surja la duda durante su colocación en la cama, sobre que lado de la mujer ver de manera directa y cual admirarlo a través de su imagen reflejada. En fin, que aún frente a la dicha y con los sueños sobre la mujer preferida en frente de mis cinco sentidos, la naturaleza humana insiste en la ambición despiadada; y en el pecado viene la variación, ya que si no la vi de frente, al deslizar hacia afuera el resorte de sus calzoncillos –oyendo su grito en la derrota– más tarde la colocaré de nuevo sobre el regazo de mi socia y su domadora titular, y reclinándome sobre su rostro, haciendo el cabello hacia el lado opuesto de mi atrevimiento, volveré a reconstruirla en un tiempo pasado, al admirar sus ojos azules en la expresión inigualable al saberse completamente desnuda, en presencia de un ser obsesionado por dicha visión de sus zonas sagradas hasta hoy.

CANTICUM III

Finis coronat opus

provechando un paréntesis dentro de esta aventura sin igual y mientras esperamos que la siguiente ofrenda se desvista y se reponga de lo sufrido durante su caminata, los invito hoy a que siguiendo los pasos dictados de la corifea —sobre la silueta de mi dama— se acerquen a conocer una nueva forma de apreciar a una señora desnuda.

Los invito a mirarla y abrir la boca como niños azorados, y no como les habría sugerido en mi lugar mi antiguo maestro, quien en su cátedra enfatizaba a sus alumnos —en el viejo y ya caduco recinto— recordar a la manera clásica de Policleto, que en el desnudo como en un edificio, siempre debería haber un exacto balance entre un esquema ideal —¿mis ilusiones?— y las necesidades funcionales —propias de la especie masculina. Pero no, de lo que estoy escribiendo e insisto publicar a pesar de las quejas de la inteligencia, de lo que estoy construyendo esta novela, es de lo que está actualmente vacío el mundo de los seres humanos: del acto sin igual, del acoplamiento de la pareja clásica heterosexual o entre dos mujeres con actitudes lesbianas, del placer erótico sin ningún otro objetivo, del arte auténtico que significa desvestir a una dama que habitualmente se resiste a nuestras intenciones, del beso femenino en busca de su semejante, o del falo prístino, huérfano y heroico, en pos del oasis femenino que eternamente lo cita; y así, sin cortapisas, esto que narro en capítulos autónomos y relativamente independientes –cada uno– trata sobre el más allá de los sentidos y la imaginación –profetas de la carne–; versa sobre los extremos de la sensibilidad y la historia natural de la pasión incontrolable, del vicio mezclado de liturgia que se aleja de cualquier gesto social, así como de la repetición al pie de la letra, de un libreto generado durante mis primeras experiencias infantiles con las señoras de mi vida.

Hablo del desnudo como método fundamental de provocación para los órganos, como fuente de misterios y material específico de mi ritual casi religioso, como literatura no comprometida que se aleje de pretextos nobles y fines encomiables, y cuyo único fin sea catalizar la venida del espíritu sensual a nuestra vida –Pentecostés de la civilización. Y al referirme a desnudos hablo de aquellos como los que he estado describiendo, que sin llegar a la obviedad propia de la pornografía eviten la mojigatería hipócrita y oculta, característica de los escritores –y mujeres– supuestamente progresivos en nuestro entorno social.

Hablo –y escribo– de escenas y personajes más allá de cualquier motivo piadoso, artístico, o con mensaje social. Imágenes de mujeres sin la protección de su ropa, y que no deberán ser, ni como los desnudos académicos del siglo pasado –los cuales se muestran actualmente como faltos de vida– y sabor –ya que hace mucho que dejaron de representar a la experiencia humana y su necesidad– por un extraño apetito, ni tampoco deberán aparecer como las actualmente ya rutinarias y concebidas escenas del arte postmoderno, o aún peor, del *hard material* de los países más adelantados de este siglo –a punto de sufrir el colapso de la monotonía–, y en donde una exhibición anatómica demasiado plena, llana, simple, aburrida, necia, y en busca de la cifra récord de lo que no es posible medir, o de la totalidad de la hembra y el inalcanzable placer absoluto, que compita en el mercado con la dama de la vitrina de enfrente, han convertido las escenas eróticas en una simple demostración geográfica y hasta ginecológica, de los que ya no es posible gozar dentro de una humana secuencia, así como admirar la reticencia teórica de parte de quien contra su voluntad y virtud, es exhibida ante los demás, minutos después de la marcha ritual que tanto he defendido.

Y lo primero que deberemos hacer en esta época de grandes contrastes y viejas novedades, es tratar de olvidar –definitivamente, y por el bien de la evolución del ritual– que detrás del desnudo de esta ofrenda exista –según los teóricos del arte– la Venus Coelestis, esto es, una búsqueda perpetua y aséptica de la simetría matemática con la sensación de poder que da la carne liberada. Lo que hoy propongo es encontrar simplemente la satisfacción –siete veces siete más cercana a la Venus Naturalis–, y así, sin el estorbo o pretexto intelectual del que busca la música de las esferas, o del que de una manera hipócritamente académica supone reconstruir las experiencias más eróticas de la naturaleza, los invito sencillamente a recobrar la senda perdida, y en silencio, con el espíritu del Siglo de Oro en los órganos de los sentidos, leer mi propuesta y de una manera simultánea, ir recorriendo con la vista puesta en el futuro –en la cama– la silueta palpitante de quien avergonzada y humana, posando para mi ser masculino, no sabe donde ocultar las partes pudendas de su bella anatomía; lo que hoy hago, a pesar de viejas advertencias sociales y colegios de literatura, es invitarlos a acercarse progresivamente a la imagen, o a la letra, y tocar con los ojos lo que ella con los suyos trata de mantener en su pureza –si es que existe–, y si esto no es suficiente para favorecer el principio del placer en los órganos destinados al gozo y la perpetuación de la especie –y su buen gusto–, les aconsejo repetir la maniobra acercándose aún más a la zona de influencia de la mujer que hemos obligado a posar en el altar principal.

La clave es como excitarse en un mundo cada vez más pragmático y positivista, como lograr que de los genitales y el alma salga una respuesta vital, cuando en las sociedades actuales y menos por puritanismo que por economía, las verdaderas relaciones sexuales ocupan el séptimo lugar dentro de los intereses humanos —incluyendo la de aquellas señoras que físicamente cumplen los requisitos propios de cualquier ofrenda, ¡lástima!— pero que con un liberalismo confuso en sus conceptos sobre su papel en el mundo, y una regresión más allá de lo históricamente permitido —finales del medioevo— se atreven a desaprovechar lo que la naturaleza les dio gratuitamente y con creces, cubriéndolo con pantalones en telas hasta de mezclilla, y calzando botas de piel más apropiadas para un vaquero de la llanura occidental del nuevo continente —o un *western* italiano—, que para alguien que debería lucir sumisa, lo más provocativa posible, y en un atuendo breve pero sensual y específicamente femenino. Y es entonces que me irrito, y suspiro, al ellas abstenerse de tan profundo signo del amor, y con el corazón acongojado murmuro de manera simultánea: "Si tan sólo usaran falda —me lamento—, si tan sólo permitieran en ellas, su cuerpo, y en él mi pensamiento, y en él un par de medias de seda, no pantimedias, y flores, perlas, satín y bragas semitransparentes; si de vez en cuando, al menos, coquetearan con el ángulo de abertura entre sus piernas, o la sonrisa de quien refleja en los labios carmín la malicia de una diosa, o al momento en que ocurren las escenas en que deberán ocuparse del amor, permitieran admirarlas en uno de aquellos atuendos ligeros que los maestros franceses llamaron *draperie mouillée*. Si tan sólo permitieran de mi persona los lujos de la sensación sin ningún tipo de censura, o al ser disfrutadas en su aroma aceptaran dentro de su aura la cercanía de la bestia, o al caminar hacia la plataforma inevitable y sagrada, estuvieran conscientes de lo que en realidad significa el ritual". Pero parece que no, y así, amén de una que otra meretriz —más cerca de la imagen de cualquier golosina que de la sagrada misión que se le impuso por la fuerza del destino—, aparte de una que otra guanga mujer barata y semidesnuda desde los momentos iniciales y por propia voluntad —en los que debería de lucir más interesante que atrevida y más emocionada que atractiva—, aparte de eso que es en su valor intrínseco algo más cercano a una polución provocada por la mano, no he encontrado después de María Teresa —la ofrenda más reciente dentro de las bellas artes– a la siguiente mujer de mis sueños que me comprenda dentro de mis inquietudes; o a la pareja ideal que, aunque previas negociaciones sobre sus honorarios, se preste en cuerpo y alma –sobre todo lo primero– para vivir el personaje central de mis extrañas fantasías.

Y lo grave no es la falta de coincidencia en asuntos de la lascivia hoy tan devaluada, sino la ausencia o carencia de espíritu y apetito, la muerte en vida y el congelamiento de la piel dentro de una personalidad equidistante de los dos polos sexuales, la catatonia de la libido y la frigidez constitutiva, que por cierto, aislada de los demás obstáculos que presentan actualmente la mayoría de las damas, podría ser una nueva manera de lucir de una señorita al caminar completamente desnuda –conservando los tacones y peinada de chongo– en el largo recorrido de mi pensamiento hasta la satisfacción del deseo.

"¡Ay qué lujo de mujer!": se le dirá una vez que desnuda alcance la esfera de nuestra voluntad. "¡Ay pero mira nada más!": se le acicala suponiendo ahora que el anhelo ha evolucionado en el último párrafo leído hasta la realidad, al mismo tiempo que se comienza a valorar, dentro de las cinco manifestaciones que se tomen como respuesta natural de la mujer, el que mantenga las piernas semiabiertas y los ojos fijos en ella misma –a través del espejo– con la perversa idea de que observando su propio cuerpo desnudo –junto al de su domadora vestida– alcance la excitación que hasta entonces el público y mi presencia le han impedido lograr.

"¡Ay qué lujo!": le dice la corifea mientras con las manos la sostiene del cuello y deposita una caricia de sus labios en la cabeza de la víctima.

¿Por qué el beso ahí? Regresemos con los teóricos del arte quiénes postulan que si la materia de su excitación inicial está en los hombros, la unidad de medida es su cabeza. Y así, si paráramos a la modelo –sin cubrirla– su estatura sería siete veces la de su perfecto rostro ya maquillado, y esa medida de su cara es exactamente la que hay entre cada uno de sus dos pezones –diminutos– y esa misma medida existe entre los pechos temblorosos y el ombligo, y entre este y el comienzo de su pubis –rasurado: mmmm...

Y esa última expresión mezcla se satisfacciones y melancolía, viene debido al cariño que se le tomó a la ofrenda durante su caminata, así como también —¿por qué no?— al sabor de mujer pública que sin embargo poco a poco nos va abandonando —al observarla alejarse ya sin velos característicos de una ramera— para ocupar de nuevo su lugar de escultura griega sobre la plataforma.

La alcanzamos a unos pasos de la gloria donde, descubriéndola de nuevo en sus dotes y postrados de rodillas, le solicitamos cambiar de postura para los ejercicios de nuestra admiración.

De esta manera regresamos a Policleto y su escuela, que independientemente de nuestro gusto particular como desfavorable, reconocemos ha influido mucho en la manera en que las domadoras colocan a sus víctimas durante la exhibición. Sin embargo, a pesar de la tremenda influencia griega sobre la manera en que se coloca la dama, hoy, y en esta nueva postura que se le ha indicado adopte para el gusto de las masas, toda huella de clasicismo ha desaparecido. Su nuevo estilo de ser y verse es diferente. Sus extremidades tiene ahora la plenitud jovial que podemos encontrar en autores tan disímbolos como Tiziano o Fragonard. La escultura de mujer se presenta sentada en cuclillas con las caderas reposando en sus talones. Los brazos van arriba como en una actitud de estar despertando de un largo y profundo sueño —propio de la inocencia a punto de perderse— y unos minutos después, si aún nos sostiene la mirada y no ha intentado fugarse hacia la posición boca abajo escondiendo el rostro entre las sábanas o la falda de su ejecutora —actitud que frecuentemente se repite en las mujeres durante la obra— se le ordenará humedecer su dedo medio de la mano derecha y lenta y paulatinamente comenzar a acariciarse en el espacio entre sus piernas. Son momentos de enorme tensión y quiénes han olido la fragancia que la mujer despide en dichas situaciones, comentan que no es posible imitarla de otra manera más efectiva.

La completa coincidencia del ritmo sugiere que la mujer estuvo siendo entrenada mucho tiempo antes de la exhibición —en la jaula de diamante— y es preciso girar a su alrededor para valorar todos los ángulos en que la víctima se ofrece a los ojos. Posteriormente la hembra se pondrá de pie —detenida de las manos por dos chaperonas— para luego colocarse en una postura cuya influencia de la antigua Venus Genetrix dista mucho de ser casualidad. En esta pose el inmortal artista —y la domadora como su fiel aprendiz— han perfeccionado la idea del balance perfecto con el peso del cuerpo de la modelo descansando en la pierna derecha —todavía con tacones— y el contorno izquierdo ligeramente inclinado como para iniciar el escape. En esta posición la inminente ruptura del equilibrio ha generado un contraste entre el arco de una de sus caderas desplazando su ángulo hacia el pecho homolateral —aún pendiente de crecer—, y el otro lado de su silueta en el que la austeridad de la forma agita la imaginación de quien observa. Este giro de la cadera que es lo que los franceses llaman el *déhanchement*, es de vital importancia al momento en que a la dama se le exige despertar los instintos del feliz auditorio. Se trata de una figura casi geométrica, a pesar de que minutos después, al adoptar esta vez el decúbito dorsal y con la rodilla izquierda flexionada, se le indica que de nuevo estimule sus genitales externos con el dedo menor de su manita saturada de anillos —¡joyas, joyas!, ¡la perdición de las mujeres!—; y así, con la sensación del oro, la saliva y la estructura mucho más firme de sus uñas pintadas de una mezcla de tono magenta y profundo carmesí, la ofrenda ejecuta su atrevido ejercicio, mientras que nosotros nos detendremos un par de párrafos a gustar la forma en que la dama se acaricia ahí abajo por orden superior.

La dinámica es complicada pero no por ser obligatoria resultará desagradable para la mujer —esta vez señorita— quien si se relaja bien y toma el asunto de su ofrecimiento con filosofía, puede inclusive llegar a lograr un orgasmo sola y desnuda en el escenario.

Debe estar perfectamente acostada, la cabellera extendida sobre el lecho de rosas —mezclándose su olor— los ojos fijos en el firmamento —luces de neón como satélites— elevando las piernas en una heroica asunción a inimaginables niveles; y se utiliza de nuevo ese término ya que será la domadora quien consciente de las dificultades por las que pasa su discípula, ayudará a elevar y abrir de par en par las piernas para que lo que se va a ofrecer de esta señorita surja de su personalidad.

La ofrenda usará de manera optativa cualquiera de las dos manos siempre y cuando lo avise con antelación, y así, empapadas en mi saliva y una fragancia española, y mientras el coro de niños ejecuta un madrigal del renacimiento italiano, la mujer se acaricia la zona entre sus dos labios mayores. El movimiento podrá ser adivinado por cualquier lectora femenina —¿de veras?— e implica no solamente frotar la yema de sus dedos contra la punta de su clítoris, sino exponer durante la maniobra lo que será objeto de mi adoración.

Alcanzando los dominios en los que se mueve la deidad, separo aún más con mis manos la puerta de mi perdición, y de hinojos como suplicando religiosamente la llegada de sus dones —a mi boca— comienzo la rutina necesaria para evitar una eyaculación prematura. Pensaré por tal motivo en un par de problemas matemáticos pendientes de su solución, en política o en economía, en otras cosas intranscendentes en esta etapa de mi vida, y ya después, cuando en mi boca se bañe lo que la caracteriza como hembra, regresaré triunfal de los infiernos hacia su bendito gineceo, y sofocaré mi respiración empujando mi nariz hasta su introito. Sabiendo de antemano que en esta ocasión no me será autorizada la copula completa, coloco el dedo donde mañana deberé situar mi hombría en toda su longitud, y mimetizando a la perfección con mi muñeca, los movimientos espasmódicos de la pelvis que sobre la dama se debe hacer, acelero las caricias preliminares sobre esta señorita. La humedad de su orificio me hablará del momento en que esté por alcanzar el orgasmo, instante en que de una manera demasiado cursi para ser descrita con todo detalle, me abalanzo sobre de ella y culmino la escena de sus estertores besándole en la boca.

Ya terminada la escena primera del rito se me pedirá cargarla hasta su jaula, y así, con el cuerpo empapado de nuestros sudores, la mujer acepta mis brazos para regresar a su refugio, donde de nuevo en imitación de escultura, permanecerá el resto de la noche como favorita del público que ya leyó este capítulo, y espera con ansias el próximo desenlace de esta afortunada novela.

CANTICUM IV

ADDIS ABEBA

abiendo finalizado el primer acto de amor con mi pareja, la domadora y yo ayudamos a mi pareja a ponerse de pie.

—¿Qué?

Que habiendo cesado la aventura inicial sobre la cama, entre los dos ayudamos a mi pareja a levantarse. De la prenda final que le arrebaté y mi conquista parcial sobre sus voluntades hablaremos al rato, por el momento se trata de mi mujer —y con su venia—, describirla cuando se yergue por primera vez ya señora debido a mis hazañas sobre su territorio: feliz y satisfecha —es esa mi suposición masculina—, aunque quizás medio turbada, reticente pero gallarda y guapa, bonita, exuberante como la pedí, hermosa como cuando virgen y su primer matrimonio, oronda y con su piel como cuando nació, y que la hacen lucir como diosa, como modelo, de la misma forma en la que deberá ser exhibida ante ustedes mis lectores —más tarde— en los capítulos que me faltan por escribir, y en donde deberá aparecer como ofrenda definitiva que en el rito tradicional acepta su destino, aunque seguramente con intranquilidad, al adivinar entre bambalinas, lo que mi inspiración y sus aplausos habremos de mejorar de aquel primer encuentro con el amor en su alcoba privada.

—¿Puede repetir, pues llegamos tarde?

Habiendo finalizado pues, el primer acto de amor con mi pareja, la domadora y yo ayudamos a mi pareja a ponerse de pie. Como hay alfombra se le permite colocar la punta de los pies en el suelo —nunca los talones. Se la deja caminar dentro de la habitación hacia el tocador sin los zapatos, pero después de un tramo, alguna pausa, un suspiro, o una mirada melancólica sobre las protecciones de la moda, los tacones se volverán indispensables.

El asunto, para quien en su persecución nos acompañe y le interesen los intrincados caminos de la plenitud en el gusto, es adaptar en sus posibles contornos a la imaginación, construir a la mujer a su propia manera, ponerle otra vez las pantaletas y el *brassière,* añadir una tonada semiarabezca para con ella dictar el siguiente desnudo de nuestra inspiración, subirla a nuestras propias creencias y ya ahí, semidesnuda y aún titubeante, alentarla a continuar con su espectáculo dentro de nuestro ritual; llevar así el compás con nuestras manos y al ritmo de su desazón, aplaudir su docilidad como su entereza para esa tarea, y cuando por azar y motivos de su exhibición, su cuerpo se acerque a nuestras posibilidades, comenzar a quitarle de nuevo, poco a poco, lentamente y de manera casual —¿sensual?— su lencería, mandar las prendas volando a nuestros joyeros, colocarle por la espalda y al cuello una majestuosa capa de raso y brocado en oro como a las princesas, e iniciar de nuevo junto con su escolta, una marcha eterna hacia la irrealidad con que este capítulo había comenzado.

On the road again; viajaremos entonces por las avenidas de mosaicos, ida y vuelta hacia los momentos esperados del cambio de maquillaje, y aunque siempre hay posibilidad de cargarla entre mis brazos, prefiero a veces marchar atrás deteniéndole su capa y aprovechando, con dicha maniobra y cuando no se de cuanta por tanto adjetivo, cualquier ocasión para debajo de ella admirar lo que nos evita.

Iniciamos la tercera jornada por el pasillo y de nuevo, con el objeto de no romper la rutina, su domadora es quien la escolta sosteniéndola firmemente de su antebrazo y con una promesa. En el camino se le recuerda su condición –¡ay qué pena!–, se le comenta su belleza –¡ay qué divina!–, y se le describe la forma en que encontramos sus orificios –¡ay por favor!–. De acuerdo con estos hallazgos –a veces inesperados– su actitud ante nuestras invasiones, su temprana reacción hacia nuestros excesos y mirando con optimismo hacia el futuro, le explicamos el tipo de ceremonia que planeamos para esta noche como culminación de lo que, parte hace poco hemos leído, y parte y con poco esfuerzo, se debe suponer tuvo lugar hace unos instantes sobre su anatomía. En varias ocasiones e interrumpiendo el alegre ritmo de sus tacones –¡escuchen!– la víctima se detiene y como que se arrepiente –silencio–; en su cara refleja la incertidumbre, suspira, sonríe o mueve el abanico –¡ay!– en sincronía exacta con sus ojos y su corazón: aquellos que como un par de chupamirtos frente a las flores parpadean –¡ay qué cursi!– y este que bajo las tetas al aire que yo disfruto, con la pasión y sus consecuencias palpita desbocado debido a mi solicitud –¡mmm!–.

Camina de nuevo, exclama o voltea hacia atrás y me interroga acerca del dolor que con pretexto de las caricias podría ser provocado más adelante en sus interiores. Sobre ese punto nunca podría mentir, ni siquiera con la mirada que es mi ciencia –y menos con la palabra, mi dominio– y al verla así, desde atrás y por la espalda –y más abajo– con su inocencia descubierta, me traiciona algún principio incontrolable de ternura fraternal y le contesto con la verdad más el consuelo que agrego por anticipado; la beso aprovechando su azoro ante las amenazas –del pensamiento– y le prometo, jurándole por mi honor, tratarla en la cama como a una reina a pesar de la inevitable humillación que experimentará debido a las visitas, así como también le aseguro, más tarde y con otro beso, al girarla y descubrirle lo que le he pedido, modificar mi advenimiento y asistirla constantemente en sus inquietudes ante los acontecimientos que pasen; que por cierto ya han sido mayores al ir paulatinamente perdiendo el dominio primero de su nombre —María ¿qué?— para acto seguido el de su ropa —¿se acuerdan?—, su carne, la dignidad y sus recuerdos; al ir cediendo como en los teatros —o las flores de los bosques— al aire y a los ojos de los dioses, cada parte de su cuerpo; al ir, en fin, como en las antigüedades, transformándose de manera desapercibida, de fruta en víctima privada, de mujer simple y casada, en muñeca de lujo objeto de mis desviaciones.

La admiro y se lo demuestro, la aspiro —de su aliento— la presiento, la persigo lentamente; en el camino estoy por despertar un sentimiento —inclusive el de la amistad. Seguimos —camine—, obedece; lo hace sin ninguna otra alternativa y en nuestra compañía; marcha hacia su destino anticipando en su piel lo que por dentro y gracias a nosotros experimentará. Camina con rumbo y con ritmo, en tacones, sin ropa y llena de gracia, camina derecha —camine— y altiva: uno, dos, uno, dos, tac, tac, tac, tac, uno, dos... moviéndose como una deidad, nerviosa como cualquier quinceañera, e iluminada en la manera de exponerse ante las manifestaciones de mi júbilo. Camina derecha frente a mi persona, a través de los corredores y pasillos, veredas y recintos desconocidos hasta entonces para aquel sector de la feminidad, escenarios propios de mi utopía que se autojustifican en su particular modo de ver las cosas en el universo, mundo o el recinto, hogar preparado para mi modelo, que dócil se deja llevar hacia su habitación; camina: sus pasos, su olor, su esperanza, impulsos a cuentagotas, detalles poco significativos aunque suficientes para enamorarme.

Se mueve, la mueven, la llevan y la conducen, camina, se mueven las dos mujeres de mi biografía llenando el espacio de aquella aventura. Rotándose en la vanguardia, la celadora la apresura; mi mujer ejecuta exactamente lo que se indica, la marcha continúa, y lo que pidamos —como en los cielos— lo hará aunque con titubeos, pues aún de la irrealidad y mi ficción, resultan difíciles sus asentamientos. A ratos le ofrezco mis labios peregrinos para sus senos, acortando para la maniobra la distancia que nos separa; en otros hacemos un alto y la invito a que se enamore aprovechando la temperatura de su emoción y la ausencia —casual— de su ropaje —excepto por el mágico capote—; le ruego a veces, suplico en otras, ordeno en ocasiones; la institutriz en silencio es testigo de los entusiastas intentos del romance, y además de guardar un silencio, si no objetivo, al menos con discreción, aprovecha para retocarla y me la detiene de los hombros para mayor posibilidad de éxito en mi solicitud; repito la propuesta, la pretendo, me acerco aún más y rodeo con mis brazos su cintura —los espejos de las esquinas se nos acercan informando a los cuatro vientos de la situación. ¡Oh qué pena!: lo manifiesta en la expresión con que nos enfrenta, en esos ojos tan poco azules, tristes y melancólicos que sueñan, y viven todavía con la virginidad en la mirada aún característica de las doncellas —ya tan escasas—, en esa mirada que baja, vira, inclina y esquiva, que sufre los pormenores de mis intenciones, añorando la pureza y su seguridad en un castillo. Seguimos, se le insiste; caminamos, se le conduce; los brazos de mi socia la encadenan, los velos se le han retirado así como la delicada prudencia de sus principios con mayor pureza, su temor, los sollozos o cualquier casualidad que pudiera importunar el arte de nuestra labor. Paramos, se queja del frío, comenta la sensación de su desnudez, la interrogo a los ojos sobre su condición —¡ah!—, la vuelvo a mirar acercándola a mi presencia, tan cerca que ya me sabe, tan junta que somos uno —mua—, la tranquilizo sobre lo que le espera; seguimos, y de sus caderas el vaivén se perpetúa, aunque sólo a medias, pues implorando con las manos y uno que otro llanto superficial, de incierto significado, la hasta ayer doncella se resiste parcialmente al espectáculo que su forma entre las columnas promete para nuestro entretenimiento.

Nos detenemos a dialogar y con un beso característico de mi insistencia, depositado en regiones hasta hoy no permitidas —ni descritas— se intenta apresurar la entrega dubitativa de su voluntad: el "sí", el "no", el "quién sabe" y los devaneos –la mujer se muestra en su especialidad al dar motivo para un nuevo poema, una copla que la reconstruye, otra pausa en cada esquina, cada hueco o espacio dentro de mi imaginación, en el increíble y accidentado destino hacia la alcoba y la literatura de la postmodernidad.

Hubo una ocasión, recuerdo ahora que pasamos junto a la corriente. Ocurrió durante el segundo verano de su temporada en mis obsesiones, mucho antes de decidirme por escribir y romper –para con la dama– la falsa promesa de su intimidad y en la que –en este mismo lugar y misma silueta de una esposa– suspendimos el trayecto por el pasillo durante una hora, y a la orilla de la fuente y bajo las influencias de su brama, ella casi me consume con sus labios; del chorro quedó empapada –le recuerdo– aunque insatisfecha de lo que en mi temprana adolescencia pude otorgarle, y así, desnuda y con la humedad que la aderezaba, utilizamos nuestro aliento para que de su piel lo mojado se evaporara, adoptando con la acción la manera fácil para lograr el recuerdo de aquel ayer.

La domadora nos acompañaba pensativa y en más de una ocasión –al repetir este ritual trescientas veces– llegué a suponer por sus facciones y el tenue temblor al rozar accidentalmente con su mano las formas de su *protege*, que bajo el disfraz temible y su máscara de miedo, a veces y a medias se enamoraba de mi mujer. Es de suponer que aunque natural sería su inclinación hacia los hombres, los años junto a las rejas, su convivencia con sus vestidos –algunos de seda–, las innumerables ocasiones en que la docilidad de su víctima escogida alcanzaba sus sentimientos, aunado todo esto a la conducta maternal que se despierta siempre ante la presencia de una ofrenda –desnuda y desprotegida– y sus íntimas regiones, lograba, al fin y al cabo, generar algo más que la disciplina; llegaba a formar un cariño entre los dos senderos. Y, por último, si así no hubiese ocurrido, habría quedado siempre el recurso –como explicación de aquella conducta tan particular– de una carne que se despierta al contacto permanente con su vecina –mi pareja–: del dolor al amor solo hay un paso –del deber al placer no hay mucha diferencia– y la graciosa y a veces hasta inocente docilidad de mi prometida seguro que la cimbraron en su clásica autoridad.

Y lo que hizo y deshizo con ella no es tema para este momento pero si preguntáramos hoy a la agasajada, mi prometida –ya dentro de la segunda habitación y a punto de ser maquillada–, seguramente evocaría, en una mezcla de espanto y de querer volver, las caricias subrepticias que de la espalda hasta donde lo que no se nombra, la domadora de su conducta logró realizar hasta la saciedad.

Dejemos el tema para mejor ocasión pues mi mujer hoy desnuda y a pocas horas de ser desflorada por segunda ocasión –esta vez frente a la multitud y en lares prohibidos de describir con exactitud–, no tolerará por mucho tiempo comentarios tan atrevidos, como aquellos sobre las veces en que ya sedada –sin nada– y confinada dentro de su joyero, un sentimiento femenino logró avasallarla.

Me acerco a su espalda –ya ella frente al espejo– y perdiendo la discreción que se debe a la capa y el rango –el género o el verbo– con un beso sin profundidad, la interrumpo de aquellas memorias personales con su propia dueña, y que por razones obvias no dejaron huella en su virginidad. La invito a acomodarse, pues la obra de arte está por comenzar. Se sienta completamente desnuda –insisto en ese detalle como en el de su perfume particular al acercarme– y así, mientras la domadora se prepara para lo que ha venido, frente a un tocador y para su decoración se le coloca.

Comenzaremos el maquillaje y para lograrlo es importante mantenerla en ciertos límites de confianza mientras que varias opiniones femeninas –mas no semejantes– contribuirán con su estilo de ver las cosas y después, ya maquillada, la escoltarán con solaridad por el palacio hasta su sacrificio. El maquillarla así resultas harto difícil pues tanto su cuerpo entero, como este procedimiento que habitualmente se realiza en la soledad, serán vistos esta ocasión por varios testigos, incluyendo su propia imagen pasiva en el espejo, así como mil lectores que sólo con la imaginación sabrán de su superficie.

Colocada sobre aquel silloncito se comienza por soltarle el pelo liberándolo del penacho que usó, recién finalizado, nuestro primer epitalamio, durante ese heroico e semi-involuntario tránsito hacia la obscenidad. A su derecha se acomodan los instrumentos y se le recomienda mantener la vista fija en la propia imagen enfrente de ella. Se le concederá voltear para atrás en una sola ocasión, una vez acabado de formarse el chongo de su cabello, y en cuanto a sus manos —que tienden a la defensa por descansar bajo su pubis–, se le acarician advirtiéndole que al menor signo de rebeldía se le atarán por la espalda con la ayuda de sus medias.

Más adelante se verá que esta maniobra mis huéspedes la consideraban de extrema utilidad, y que se me aconsejaba practicarla en los momentos de inquietud en cualquier etapa de la mujer: durante las albricias de los invitados, en las horas de espera —una vez abandonada por sus vestidos— o cuando cansada en el reclinatorio suplicaba por el regreso hacia su lecho, o al colocarla en el interior de la jaula para trasladarla a las ciudades aliadas a nuestro sueño, o cuando por último, en una postura comprometida y sin poder ya mirar, se hubiera de mantener más del tiempo requerido, ya sea por desgano de la centinela o exigencias de mi artístico talento. Sin embargo, las ataduras han resultado siempre un obstáculo para la generación estética y del placer, y al ahora, ya no mirar, sino ser yo quien llevara la iniciativa de las imágenes —y ceremonias–, preferí olvidarlas en favor de la espontaneidad y soltura de su cuerpo, a sabiendas de que siempre se corre un peligro al acosar a una mujer sin tenerla sujeta, o al enamorarla sin haberla antes amarrado a nuestra voluntad.

Dispareja pero espontánea la preferencia es por la mujer que aunque desnuda y sometida, guarde la alternativa de la libertad sobre sus pies: lo cual era una de las razones que se esgrimían entre los expertos para evitar que la dama —una vez liberada de las bragas y para siempre— pudiera descansar los pies descalzos en el suelo.

Siempre he dicho que la docilidad –en la mujer inquieta y guapa– se logra más fácil atacando a su vanidad que utilizando cualquier tipo de cadenas. En dicho sentido el maquillaje es una trampa y cumple el requisito como cualquier otra estrategia. Si lo vemos desde esta perspectiva, cualquier manifestación lírica del arte, del color hasta la música, cualquier verso, cuadro, aroma, prosa o pieza resultan ser, más que trascendencias del espíritu, únicamente un recurso seudomilitar para lograr acostarse con el personaje femenino de nuestra inspiración. Son los colores, por otro lado, en las aves que lo ceden o en las frutas que lo sugieren –su ropa o en sus ojos–, primitivas maneras de inventar un maquillaje. Y lo digo no solamente pensando en la transformación de su rostro para nosotros –incluyendo los pechos que alcanzaban el adorno con esmaltes a la manera de las sacerdotisas egipcias, antes de Cristo– sino a sabiendas de que en su vergüenza por verse desnudas y objetos que disfrutar, las mujeres se aferran a cualquier tipo de protección; escena a su vez reiterativa que su vez que explica –y justifica– la enorme utilidad de los espejos y la tendencia o querencia de la ofrenda, por no abandonar su propia imagen para ir en pos de lo que sacrificará.

CANTICUM V

Habeas Corpus

scoltándola de los lados aquellos personajes infantiles hacen entrega de la dama en mi habitación. Esta se sienta y asiente afirmativamente con la cabeza a la pregunta de si ya se encuentra preparada para la ocasión. Aunque no se llama, ni es la misma muchacha Teresa de aventuras pasadas, por el momento su comportamiento es también como el de una ofrenda pelirroja y novicia en los asuntos de la lascivia. Quizás esto se deba a una prematura confusión de mi melancolía o a que la ocasión en el tiempo intercambió los cuerpos y el de ella ha rejuvenecido en unas horas al haber atravesado las fronteras de la intimidad. Tendrá cerca de diecinueve años y no la distingue nada que no sea natural. Ha sido conducida de la manera más conveniente e ingeniosa desde sus estadios humanos y con ropa, hacia aquellos únicamente femeninos y desnuda, por lo que si en este momento, e invirtiendo la secuencia, se le cortejara, se vería en los movimientos involuntarios de su monda y lironda anatomía, y en sus ojos pardos y brillantes que no dejan de censurarme, la perfecta respuesta a un caballero, propia de cualquier modelo de su condición.

Si camino detrás de ella por media hora evaluando sus características, y las vigilantes que me la entregan no reportan ninguna eventualidad para subrayar sobre la mera rutina. Se ha cumplido el rito de los saludos, se pasó por la fuente y el camino de las tentaciones, se ha descrito ya también en alguna parte, su sonrisa forzada durante la escena inevitable en que sus dotes son señaladas en voz alta y como partes de algún poema popular, y ya después, comentan quiénes me la ceden en la puerta, colocada la cadena sobre su piel, la mujer ya preparada y que se me había prometido, se dejó fácilmente conducir hasta la habitación.

—Me pregunto ¿cómo es que lo logran? —quien lo dice es una intrigada visita dentro de la habitación.
—Bueno, lo de "fácilmente" es un eufemismo al que se recurre por mera técnica literaria, o para aparentar un dominio completo sobre la mujer, dudoso por supuesto, y que si acaso es una ilusión masculina fácil de entender.
—Sí, ya sé, bueno, me lo suponía, pero de todas maneras, independientemente de los sollozos —y desde lejos— parece relativamente fácil la conducción de la dama.
—Todo es un asunto de poder.
—¿De poder?
—Se trata da eliminarle cualquier recurso artificial en su personalidad.
—¿Qué?
—Se trata de caminar, caminar eternamente —caminarla dicen ellas, quiénes la llevan y por el momento la disfrutan—, dejar que sus piernas, al moverse, contribuyan al olvido de su temores; se trata de que aunque desnuda y a solas dentro de la multitud, con la velocidad que se le impone, y la vibración de su carne gracias al apresuramiento por su domadora, se distraiga de cualquier prejuicio dentro de su remoto pasado, y asimismo, que toda duda sobre el arrepentirse que aparezca a última hora y ante la cercanía de la cama, quede abolida al estimular su vanidad con los aplausos y las flores arrojadas a su paso.
—En su honor.

—Véanla.
—Mírenla.
—Y es que de veras, se mueve toda ella
—En especial por debajo de la cintura, por arriba sometida, brazo a brazo, a la estricta voluntad de sus dos damas vigilantes.
—Y por abajo...
—Por abajo, una delicia —cuando me toca.
—Toda una obra de arte que renace.
—Todo es apresurarse al ritmo que la escolta le va imponiendo en cada estación.
—Y se le ve...
—¡Ay qué hermosa! —una amiga.
—¡Qué linda! —otra amiga.
—¡Qué divina! —sus compañeras mezcladas con el griterío de niñas que la acompañaron durante su primera saga.
—Y se le adora.
—Y persigue.
—Sacrifican ofrendas.
—¿A la ofrenda?
—A la ofrenda.
—Dedican oratorios.
—El nombre de las fechas.
—El curso de los ríos.
—La señal de advenimiento.
—Es el espíritu del pueblo.
—Es el fervor de quiénes la admiran.
—Y a su cuerpo adoran.
—Y le dedican su propiedad.
—Le agradecen su arrojo y atrevimiento.
—Están ahí, a la orilla del camino, esperando la venida de su objeto de fervor en exposición absoluta.

—Le arrojan flores cuando pasa.
—Le gritan epítetos imposibles de traducir.
—Le lanzan hurras.
—Y ofrecen velos —tentadores— para su protección.
—¡Camina, camina en el tiempo, mujer, y no mires hacia los lados de tu objetivo principal!
—La llevan— recordaré la imagen al recibirla.
—Ella casi corre hacia su destino, llevada por quiénes la dominan.
—Y es el vaivén de sus caderas sobre el que se aplaude.
—Y me fascina.
—Excita.
—Y estimula.
—Me obsesiona.
—Me enloquece.
—Y es el sonido de sus aretes con que se combina.
—Ritmo.
—Tono.
—Voz.
—Y voto.
—¡Qué baaaaile, qué baaaile!
—Es que eso precisamente es lo que hace durante el caminar.
—Camina.
—Camina mujer.
—Camina de nuevo hacia la verdad.
—Ritmo.
—Son.
—Fanfarria.
—Cadencia de su par tacones.
—Uno, dos, uno, dos, tac, tac; tac, tac; tac, tac y hacia la alcoba.
—Más.
—Más.

—Se grita.
—Se lucha.
—Y hasta se muere.
—Es la diosa en definitiva y víctima en evolución, que en deuda con la comunidad y mi pensamiento obsesivo, se ha de sacrificar en forma y persona ante mi solicitud, para resurgir posteriormente como espíritu y ya fuera de mi esfera de interés, como paloma, como ave fénix del pequeño burdel, como un ser de pureza, como le de la gana, en fin, como un nuevo símbolo femenino pendiente de definir debido a su actualidad.
—Y es que se le cambian diez veces de nombre durante su trance.
—Se la viste y se la desviste de una manera tan rápida que es difícil, aún para mí que no pierdo detalle de aquel ritual y a su lado he vivido toda mi juventud, registrar en su secuencia exacta dentro de los anales.
—Como por ejemplo ahora, que aunque desnuda, parecen cubrirle las sombras sus espaldas.
—¿Es una capa en sus hombros —llevada en el extremo por las niñas— o es dentro de mi inconsciente el reflejo de su majestad que me subyuga?
—¿No sabes?
—A veces, entre tantas idas y venidas, ya ni sus pechos se como son.
—Pero...
—O esos ojos pardos —¿grises azules?— que por un instante te preguntaron por su seguridad.

Y es al fin, por concluir la caminata y al no ver otra salida, que ella hace un compromiso con quiénes la caminan, y promete docilidad y obediencia durante su fenestración (la venida de su varón).

—¿Oyeron?
—Se le menciona.
—En boca de todos, murmullo se traslada.

—Se le vuelve a aplaudir al conocerse públicamente las condiciones de su rendición.
—Y ella agradece haciendo una caravana frente a la multitud.

Y visto desde atrás el ejercicio, podría interpretarse como una postura arquetípica para ofrecerse.

—A ver, a ver, de nuevo.
—Y la divina entre todas se vuelve a inclinar una vez más.
—¡Ay, qué hermosa!
—Muchas veces, y en contra de lo pactado, se le empieza a tomar cariño como cuando ahora, que con todavía un esbozo de inocencia, y en brazos de su domadora, se la introduce a la habitación para ser sometida por quien con dados la ganó gracias a su suerte.
—Que linda manera de entregarse.
—Que hermoso el desfile que nos ha regalado.
—Se le intenta, en muchas ocasiones, acariciar en su tránsito por el pasillo.
—Supongo que lo evita.
—Suponga mejor que ella lo intenta, esquiva por naturaleza; sin embargo, no es con buenos deseos que se puede cubrir y cuidar una doncella desnuda a la vista de todos; y yo le aseguro que nadie garantizaría la integridad de la modelo en tanta distancia recorrida antes de llegar al altar; sobre todos en las fases como esta que miramos ahora, de nuevo, en la que además de haber perdido la protección y censura de su lencería, su aroma alcanza ya fácilmente y estimula, el instinto incontrolable de la gente que vino a admirarla.
—¡Ay, pobrecita!
—Lo que le espera.
—Tanta gente.
—Lo que merece.
—Tanto grito.

—Lo que es imposible de evitar.
—Espántenle las manos que la acosan.
—Escúrranle su figura de la multitud.
—Camina de prisa mujercita.
—Camina.
—Caminar es el secreto; a su lado y sosteniéndola de los brazos, entre brazos semejantes: por mujeres obviamente. El asunto es todo femenino y en perpetuo movimiento, y son ellas las que en su iniciativa la manejan, las que sus brazos la detienen, las que en su carácter la someten, las que en murmullos y a escondidas la seducen, las que podrán, en su momento, sugerir el instante en que a la modelo la han abandonado sus defensas sociales y esté lista para recibir.
—Y lo detectan.
—Lo perciben.
—Lo saben al estar tan cerca de su cuerpo.
—Dos en sus brazos, más dos más adelante, y otra joven atrás.
—Desde lejos, la imagen exótica con su delicada apariencia, parece ser la de una muralla de vestidos de noche, que sitian a la dama desnuda frente a los peligros fortuitos del galán masculino que le canta un aria de amor.
—Que la mujer a la mujer, escudo de protección la considere.
—Que a la ofrenda desnuda la vistan el color y gracia de la corte que la guía.
—Que de susurro a secreto, y entre mujeres, se le infunda la confianza que necesitará horas después ante mi nuevo ritual.
—Sobre la cama.
—Y mientras un beso furtivo...
—O un abrazo de ropa a su piel abandonada.
—Es algo transitorio para que se acostumbre.
—Que se adapte como víctima.
—Como carne alejada de mi pensamiento.
—Como cuerpo separado de la persona oficial.

—Como tesoro derivado de las cualidades de una mujer.
—Una señora.
—Señorita, todavía, a decir de sus instructoras que recién la han examinado de las partes de abajo.
—Una mirada hacia la puerta de honor.
—Vestíbulo de aroma.
—Introito al que pasarle lista.
—¡Ayyy!

    Se aparta.

—¡Ayyy! —en respuesta a mis manos sobre una duda femenina.
—Y en su gesto la mirada de la sorpresa.
—Y del temor.
—Del amor.
—Del amor que es peligroso en este tipo de celebraciones.
—¿Por qué?
—Porque pone en peligro la belleza de nuestro ritual, porque degenera algo puro y salvaje en un símil de civilizado pacto, porque transforma en vil romance color de rosa una épica milenaria —y teogonía— que no se ha dejado de repetir en el anhelo del hombre desde el primer instante de la creación.
—¡Bravo *madame!*
—Una hazaña femenina.
—Un logro de su valor.
—Sostenido por su domadora.
—Y las niñas que en gritería, la acompañan en su devenir.
—Ensalzan sus atributos.
—Mantienen en sus manos la reliquia por la que la muchedumbre ha soñado durante toda la temporada.
—¿Sus calzones?

—¡Shhhhh!
—Shhhh.
—Ahí van, en frente de ella, con la niña que los agita.
—Allá se prestan a la exposición.
—¡Ay qué emocionante!
—¡Qué hermosos!
—¡Qué bonita!
—Amén.

    Se repite cien veces la escena en que una de las niñas —vestidas de verde con guantes y su sombrero— transporta las bragas de su dueña, y mientras con la mirada en ellos y una tenue sonrisa, expresa un gesto de satisfacción debido al logro de sus objetivos, en sus manos sostiene el delicado lábaro que saludaremos en la noche, y santo grial de la virginidad: los calzoncillos de la víctima. Dos escenas más adelante, los exquisitos guardianes de seda del periné de mi dama seguirán en poder de la inocencia en persona, aunque ya para entonces y previa consagración por la principal líder de aquel grupo, se habrán colocado en una especie de relicario; por lo que de lógica racional es concluir y verificar —cuando ellas pasen a mostrárnoslos— que se deberán asomar su imagen, mensaje y textura, por ambos lados de aquel cristal italiano —¡vean!, ya vienen.
    De la vista nace el amor, reza la tradición, y es al verlos —¡fascinantes!— colgados en una vitrina, y verla a ella, que a su vez los observa ruborizada —durante su marcha— que mi interés por sus cualidades más íntimas y secretas —¿espirituales?—, se empieza a consolidar dentro de mi sangre. Sí, son ellos, colgados, expuestos al público y a todos. En manos de la simbólica sabiduría, sus calzoncillos avanzan en el aire, por delante de quien los ofreció y que ahora camina también obediente y presurosa hacia su lecho; y de esa misma manera algún mañana, pasado el rito en que se

consagrará definitivamente a la ofrenda, serán expuestos durante el resto de la estación en el santuario.

Se multiplica de nuevo la secuencia —con sus variantes— en que la institutriz se coloca a las espaldas de la señora que sentada aparece, como al principio, de nuevo dentro de mi habitación. Subida sobre la cama se acerca sigilosa hacia la ofrenda que no la ve. Pasa sus brazos por debajo de los de la víctima y también sin ver y confiándose del tacto, alcanza el horizonte planteado por sus senos. Los aprieta, los pezones ceden a la exigencia, gotea, su saliva enamorada cae desde la boca hasta las piernas que por mí se mantienen separadas en el asiento de la sábana; frota sus mejillas contra las de ella y su propio busto se escurre por la espalda de mi futura pareja.

Se repite entonces siete veces siete, la escena en que otra de las niñas —esta vestida de púrpura con traje de noche y arracadas de zafiros— retira los calzoncillos de su honorable nuevo hogar entre cristales. Los pasa de mano en mano a cada una de las demás participantes menores de edad. La prenda alcanza su destino y en mis manos parece deshacerse frente a la modelo sentada y la incredulidad de su sorpresa, *¡My God!, my love,* es esta su dueña quien abre la boca en el azoro y su cuerpo en el destino observa su intimidad desmenuzada entre mis dedos. Con el estandarte sensual en mi poder me acerco a su trono —la cama— que la sostiene. Transporto las bragas de regreso hacia su origen: la carne de la mujer. Devuelvo un traje que cubrir diferente región desde ahora se le encomienda. Las acomodo muy lentamente sobre el rostro de mi prometida, cubriendo de ese modo el gesto —nervioso— de esta amante que se sorprende y con recato desvía su mirada de quien de ese modo la corteja. La parte de la seda que habitualmente se abraza a la cintura, se colocará sobre el borde de los párpados inferiores, mientras que la mirada se mantendrá sin ropa, al igual que de los hombros hasta su orilla. Sus dedos, en este momento ya con esmalte sobre las uñas, ayudarán a la colocación de su nuevo velo sobre la región de sus mejillas. Por atrás será de gran utilidad la asistencia de la testigo, quien cesará en esos momentos su asalto a medias realizado fuera de programa, y anudará entre los cabellos los extremos del nuevo velo adaptado para ocasiones de feliz regocijo. La parte que por costumbre, vecina del introito, sobre su boca, con lo que unos nuevos labios reciben la tela que los disfraza. Sonríe, como queriendo cambiar de lugar y circunstancia, como queriendo no ser ella. Sólo el color es quien la transforma al ruborizarse con el encuentro de viejas amistades −íntimas.

Vendrá como siguiente etapa de nuestro idilio, un beso interrumpido parcialmente por la seda. La otra parte de la distracción se condiciona por voltear ella la cabeza e intentar reconocer −y protegerse− de la domadora que desde atrás a mi ofrenda −su señora− la sostiene y a enamorarla nos ayuda. Consumada la caricia, y regresando cada quién al papel que le corresponde en el libreto, la ofrenda inicia la siguiente conversación con quiénes la pretenden a su alrededor:

−¿Es necesario todo esto?
−Fundamental.
−¿Por qué las bragas? ¿Por qué así sobre mi cara?

Se le responde con otro beso, esta vez sin interrupciones de su prenda que levanto.

−¡Ay, qué pena! −me comenta.
−¿Verdad? −se le contesta.

La mujercita acabada, eructa súbitamente.

−¡Saaalud!
−Acércate a mí.
−Guarda silencio.

—Mantente en esa posición —a medias la risa.
—Primor de criatura ¡mmmm!
—Hija de mis sueños: las niñas subsecuentes, mis pesadillas.
—¡Ay, las niñas!
—Las niñas, señora.
—¡Qué se alejen! ¡Qué dejen de mirarme!

Se le responde con el silencio y la discreción. No obstante, y a pesar de sus conflictos sobre su propia imagen desnuda, continúan las miradas lascivas sobre su forma —así como otras tareas de mi parte sobre su carne, así como por último, lo que las niñas en proporción guardada contribuyen.

—¡No me huela! ¡No se me acerque!
—¡Quieta, por favor!
—¡No hagas ningún esfuerzo!
—Separa las rodillas.

Resopla a pesar de las advertencias. No olvidar que desde el principio la domadora participa dentro de la conversación.

—Mmmmmmm ¡ricura!
—¡Déjeme!
—Mírame.
—¡No me lamas!
—¡Teresa, por favor!
—¿Será que se ha convertido en la mujer que me fascina?

No olvidar las posiciones exactas de los participantes de su gusto. La señora testigo por detrás de la señorita, mi desposada; yo desde adelante me arrodillo y sumerjo mi rostro en su regazo. Hablo entre los ecos y mantengo contacto con su pelvis y el abdomen.

—...

No olvidar —se enfatiza— la postura que paulatinamente va a tomar mi prometida y se describe dentro de la leyenda.

—¿Cuál?
—¿Leyenda?
—Tradición oral...
—Sexo por atrás.
—¿Atrás?
—Shhh.

"En el principio y de la nada y por quien sabe, se creó la necesidad una mujer madura completamente desnuda y escoltada por unas niñas"—sus hijas o equivalentes. "La tierra estaba informe y vacía" —representada por el santuario con sus pasillos— "estaba informe y vacía, y las tinieblas eran tan sólo iluminadas por mi lujuria de pensamiento".

De ahí comienza todo e incluso habría habido una escena previa que mimetiza plásticamente el nacimiento de la diosa primordial.

—¡Por favor! ¡Háganse a un lado!
—Separa más las piernas.
—¡Derecha!
—Levanta los hombros.
—¡Mmmm! ¡Qué aroma!
—¡Qué no me huela!

Que no hurguen sobre ella, suplica inútilmente.

–¡Uhhh qué frío!
–¡No! ¡No! ¡No! ¡No te cubras!

Recordando desde el inicio su épica aventura se podría mencionar que todo comenzó con la domadora exigiéndole su ropa. Se describirá, en otra ocasión, el desnudo paulatino –con los detalles paralelos de su pensamiento– hasta llegar a la certidumbre de un hecho consumado que se culmina. Terminaría la hazaña en la siguiente noche al invitarla –la misma mujer en diferente color de vestido– a subir a la plataforma y ser sometida a la exploración más intensa que sobre el mundo haya ocurrido alguna vez. Una vez tendida, escucha de labios de la institutriz la sentencia sobre su destino. Esto conlleva a un abandono de la realidad al momento de fabricar el diálogo dedicado a su pureza:

–¿No es un altar mi nuevo nido?
–Dependiendo del momento como mujer...
–Pero si soy una cosa de acuerdo a tus impulsos.
–A veces una deidad y el altar son necesarios.
–¿Vuelvo acaso a la condición de mujer?
–A veces una amante transportada como carísima vianda.
–¿Moriré?
–En mis fauces, al terminársele a tu cuerpo el sabor; y el movimiento.
–¿Un esbozo de amor siquiera?
–Especialmente dedicado a tu cuerpo.

A continuación, permaneciendo dentro de la irrealidad, se perpetúa el diálogo de la pareja en una especie de susurro, debido en parte a que la boca del amante queda atrapada en la entrepierna de la ofrenda. Casi no se escucha, y cualquier interpretación estaría sesgada por la intensidad de la pasión de ese momento —provocada entre otras cosas por las actitudes vacilantes de la víctima. Agregaríamos dos o tres fragancias diferentes y separables que se desprenden del cuerpo desnudo y sus evidentes titubeos. No podremos olvidar, entre los factores precipitantes, la colocación precisa de la ropa interior, la nueva manera en que se pueden ahora apreciar sus ojos aislados del resto de su cara semicubierta, su intensidad que se realza, y ayuda aún más a identificar las propiedades humanas, y en desbandada, que mi ofrenda gastó mientras aún conservaba su integridad. Para completar la escena, contamos también con la asistencia y la solidaridad expresada por la institutriz —en especial sobre el busto de mi doncella.

Es para este instante de la imaginación en que se justifica haber anticipado el color exacto del maquillaje. Y si las bragas son de seda semi-transparente —detrás de donde casi todo se adivina— la pintura sobre las uñas deberá ser del color de los corales, la sombra turquesa sobre los ojos, y polvo de estrellas a los lados. Alguna vez esa mujer, que a mi mujer la representa, llegó a ser morena y con un divino mechón color blanco platinado sobre la frente. Su edad era mucho mayor que la de hoy, y en sus ojos se intercambiaban constantemente los colores gris, el azul y el que a gusto sea de quien la pretenda en esas condiciones —de la misma manera desnuda pero diferente color del vestido que la abandona. Sobre ella, y debido a su edad madura —cuarenta años aproximados— hemos juntado un sinnúmero de anécdotas, incluidas en ellas un equívoco del amor y una obsesión por adorarla en su icono de bruces. De acuerdo a las veces que ha posado para nosotros, me he aprendido de memoria su anatomía —fielmente discutida en otros momentos de mayor calma en mis sentimientos.

—¿Ha tenido experiencias anteriores?

Se le habla de usted como todo mundo ha notado. Y si las bragas, esta vez azules como el océano, el sostén que habitó sus senos alguna vez debería haber sido plateado y de una material semejante. Harían ambos juego con los zapatos —de tacón— aunque el momento que convivan las prendas sea tan veloz y perecedero como el orgasmo que se avecina (y ha de describirse en otra parte).

Terminada la etapa obligatoria de las caricias, se retiran las infantes peregrinas y por edades la única niña residual viene a ser la juvenil presencia de la conciencia en mi pareja.

—¡Por favor no se mueva!
—¿Así?
—Deje de respirar, por un instante.
—...
—Levántese.

Al pararse la modelo, nos regala una imagen de su anatomía, con una parte importante de lo que hasta entonces se guardaba.

—Ahora hínquese.

Para ser coronada con el laurel.

—¿Qué victoria es esta?
—Únicamente la de la estética.
—Levántate otra vez —ya coronada.
—Ahora, sin dejar de mirarme, sosténgase de mi mano.
—Acuéstese sobre la cama.
—¡No! ¡No! ¡Así no!
—¡A ver, desde el principio otra vez!

—¡Eeeso!
—¡Perdón que se me salga el aire!
—No se preocupe.
—Lo estás haciendo muy bien querida.
—Levante tantito la cabeza.
—A ver, déjame ayudarte.
—¡No! ¡No! Yo puedo sola
—Eeso ¡Más abajo! ¡Así!

Tendida como en su nacimiento y ocurriendo el hecho de que todavía es morena la representación, se le señala que deberá esperar en esa postura durante una hora. Al regresar sobre su soledad de la modelo, una hora después, la domadora encuentra de nuevo que su ofrenda es la señorita pelirroja.

—¡Tere!
—Nótese el tuteo al modificarse la visión —y el tiempo, y los colores de los ojos, y la ropa, y la edad de la víctima.
—¡Teresa! ¡Despierta!
—¿Mmm?
—Ya mero vamos a empezar.
—Umhhh.
—¡A ver!, bien derechita.
—¿Así?
—Sí, así. Ya vamos a empezar.

Manteniendo la misma posición de la que se ha de ofrecer, la decoradora en jefe —e institutriz en el pasado y durante el camino— comienza aplicando a la ofrenda un enjuague sobre su cutis. Coloca después un corrector claro en la zona de las mejillas, detrás de las orejas, en el cuello, alrededor de los surcos origen de su busto, en el ombligo, más abajo, entre las piernas —que dobla— inmediatamente debajo de la cintura, y en las extremidades que temblando se enteran de las medidas estéticas. Una vez aplicado, lo esfuma lentamente con una esponja húmeda y sella el maquillaje con una borla de polvo traslúcido.

—Mmmmm.

Ahora aplica una base del color más parecido a su piel en todo el rostro, la espalda, abajo, en toda la superficie de los glúteos, en el talle y a los lados de los labios mayores —al voltearla— así como encima de donde puso previamente el corrector —al volverla a colocar sobre su vientre.

—Ten cuidado —le digo— de esfumarlo muy bien para que no queden las clásicas rayas entre los muslos y las caderas, y entre la pelvis y el abdomen.

Quita el exceso con una brocha fina, y si así no fuera posible, recurrirá a la tramposa maniobra de usar las manos y hasta de excederse.

—Subimos hacia su rostro.
—Cierra los ojos.

Si sus pestañas lo requieren, habrá que rizarlas y aplicar después una capa de rímel en ese mismo momento, ya que seguramente para entonces se habrán atravesado con el llanto y eso facilita el que se vean más espesas.

—Y triste la mujer.
—Abandona la dulzura.
—Así.
—Así.
—Mua —mientras se trabaja.

Retoca las cejas con una sombra parecida al tono de su cabello; y aunque está utilizando la pinta de sus propias uñas, puede hacerlo con una brocha delgada, de preferencia. Esto es para que se vea pareja la ceja, por si acaso tiene algunos huecos.

De regreso y más abajo, entre los muslos, en la cuenca del pliegue, aplica una sombra clara, color durazno, café claro, rosa etcétera, de acuerdo al temperamento de quien ahí yace, sin jalarla hasta la rodilla; la termina donde acaba este, y la frontera de la intimidad está a punto de conquistarse. De lado y en el contorno de abajo, aquí junto a mis dedos —mmmm— una sombra café no muy obscura, debe ser aplicada con un pincel delgadito.

Aplica en seguida otra capa de rímel. Si la modelo en ciernes ha de usar pestañas postizas —de acuerdo a las preferencias— las recortará para que se vean más naturales, y así se las acomoda, poniéndolas solamente de la mitad del ojo hacia afuera para almendrar el ojo y a la vez abrirlo.

Aplica luego el rubor —como fundamento— que puede ser de cualquier color menos rosa; delinea por último su boca con un lápiz de color parecido al que va a usarse como esmalte y listo, la metamorfosis de quien ha de amarme termina felizmente.

—¡Teresa! Abre los ojos —lo hace; son divinos.
—¿Eh?
—¿Ya estás lista?
—¡Ayyyyy!
—A ver. Bien derechita.
—¿Así?
—Sí, así. Ya vamos a empezar

Ocurre entonces mi agasajo: de mí para ella por lo que venimos y me vengo; ya concluido el amor y que se sabrá por sus gemidos, la acaricio cinco minutos más mientras me desacostumbro y después la felicito mientras saco el arma y me sacudo. Retiro sus zapatillas de mi sueño, observo su espalda empapada de sudor; coloco las manos sobre su cintura y acercándose a su oído le murmuro:

—Sécate con mi legua —motivo de un verso para el futuro.
—Ya todo terminó —afirma quien nos ha vigilado desde el comienzo, y ya en la cama colaboró con su artesanía, para el feliz resultado que sobre mi mujer he conseguido escribir.

CANTICUM VI

VARIORUM

asemos del beso al análisis de su cuerpo, que ya es mucho: noventa, sesenta, noventa y decorado tan sólo por su collar y la breve lencería; aquel, de zafiros brillando bajo su sonrisa, esta, de satín y color malva –tóquenla– cumpliéndose así mi encargo particular a su domadora, desde el momento que al admirarla entre los barrotes y aún sin la evidencia de la doma, yo la escogí de entre cinco mujeres candidatas para ser la ofrenda de mi celebración.

Descendamos en la comedia inversamente del cielo hasta la tierra, donde la mujer es como la fruta y se diluye la conciencia, donde su color es fundamental para la atracción –incluyendo el de su *brassière*– y volar es necesario para cortejarla, donde su aroma, esencial para lo que escribo, viene a ser la puerta de entrada a su personalidad, donde el buen gusto se cumple hasta en los más mínimos detalles –y ellas para bien o para mal siguen sin discutir mis lineamientos–, donde la mujer por otra igual se nos prepara, donde los placeres son irreales aunque un tanto descontrolados al manifestarse sobre su cuerpo, por lo que al ejercerlos pueden ocasionar un dolor secundario al ser capaces de terminar con cualquier esbozo de moral o similares virtudes, y más tarde, en la resaca y dentro de su culminación, también puedan acabar con la tranquilidad de mi persona, quien todavía inspirado los describirá: uno a uno, en prosa, en verso, como se dejen, como un ensayo, como cantata, como ritual diacrónico construido para quiénes se interesen en los excesos del celo y las más profundas emociones, así como un mayor entendimiento de los que comienzan a transitar en el estudio avanzado de la sensibilidad.

Pasemos, repito, del beso —en la boca y de manera casual, tibio y sin mucha pasión por ser el del saludo— pasemos pues, más abajo y con su permiso, al análisis detallado de lo que su cuerpo dispone y en treinta años ha desarrollado esta dama para mis satisfacciones. Vayamos, del arte, a la perversión en sus manifestaciones extremas de la sensibilidad educada; viajemos, desde una teoría atractiva pero cuestionable y ecléctica sobre los enigmas en la mujer, a cumplir ahora, las necesidades de los instintos que mi posición intelectual ya no es capaz de detener. Pasemos, de los misterios órficos y la elaboración de una lírica tan provocativa como superficial, a disfrutar una a una, y una vez más dentro de la leyenda, cada prenda que de la víctima se desprenda y que yo sospecho, habrá de ceder a regañadientes y mortificada ante nuestra solicitud. ¡Sí, así, así..., ya está!; y para terminar, una vez que se haya leído mi forma de acudir al gozo, pasaremos a que cada lector que se haya atrevido a llegar con mi obra al final, cada uno de ustedes que todavía lee los que gran parte del público con asco ha abandonado, invente a su manera esta liturgia, y ya después de haberla conocido, la hazaña se llegue a cantar por más de siete ocasiones durante los subsiguientes rituales.

Vayamos a establecer, ahora sí, habiéndola liberado de su ropa —¡ay qué recuerdo!— a lo que desde ahora con ella, y mañana con las demás señoritas, habrá de establecerse como patrón y mandamiento, tradición y sus múltiples variedades, ritual de mis inventos y expresión lozana de sensualidad; transitemos desde, lo que más que creer, tan sólo hemos en sueños imaginado como objetos cercanos a la conclusión de nuestro impulso, a su efectividad corroborada con la presencia de la víctima a nuestra disposición, de esa imagen omnipresente en que la mujer de hinojos y semi inclinada sobre su abdomen, ofrece dócilmente a mis ganas su vulnerabilidad: un par de nalgas frescas que se asoman y en el vientre me provocan espasmos, que desnudas yacen a la espera de aquel cariño animal que se les avisó como ladrón les llegaría, jadeante y por la espalda, precisamente el día de su coronación.

Pasemos a discutir sobre hallazgos y normas, posturas e identidades, esfuerzos y las variaciones en ballet, a los que la prima dona de mi corazón va a someterse en varias ocasiones esta noche debido a mis necesidades; pasemos —ya acostada la muchacha, y con los últimos toques de un maquillaje que ya se describió—, pasemos entonces a versar sobre lo que de psicología se conoce, acerca de las damas en este preciso momento —y las condiciones anímicas extremas que definitivamente las superan en sus cualidades. Viajemos entre los libros para conocer sobre ellas, así y de espaldas sobre el himeneo, en su carácter, y brío, orgullo y fuerza de voluntad que las mantienen, en la dulzura que las distingue y los demás bla bla blas que infielmente las han representado. Pasemos a escuchar por quién suspiran, lloran, viven, sienten, yacen, posan y ofrecen su cuerpo, y en seguida vayamos de la mano del enigma a elucubrar —¿por qué no?— acercándonos al lecho, sobre el germen de sus sollozos, la luz de su esperanza, su carácter ambivalente, o su íntima anatomía en territorios hasta entonces lejanos y prohibidos para mi inteligencia y razón; resaltemos su firmeza en el asalto y ante los peligros que rodean habitualmente su cama, así como también su paradójica debilidad al haber perdido la ropa por un accidente diseñado desde nuestra imaginación; pasemos a elaborar una nueva teoría sobre su voluntad encadenada y subsecuentes repercusiones, al yacer, dizque dormidas, entre las sábanas que las ofrecen como víctimas sagradas, y el mundo que las recibe como iconos evidentes de la docilidad; entre mi iniciativa que se detiene ante las exageraciones, y cualquier desenfreno que a última hora y desde el inconsciente se pueda aparecer; entre la estética diseñada por su domadora y basada en un instinto eminentemente femenino, hasta los impulsos que le dicté basándome únicamente en mi autoridad; pasemos, en fin, a adorar a este ejemplar dentro del lecho, ya colocada en posición y lista para ser usada por quiénes en este momento la asedian; la diosa ahí, tendida, entre la otra doncella, mi asociada y corifea que a la ofrenda formó, y mi persona liberada que ya no está dispuesta a esperar: yo, que aunque me he perdido en los primeros cinco desfiles, las escenas en las que despidió a cada prenda de vestir, así como la sesión de maquillajes y enemas, soy, en última instancia, el personaje dentro del libreto que la va a cortejar. Veámosla de nuevo ahí, junto a mí, rodeada de solicitudes y aislada dentro de mis lascivas ideas, sola y ante la multitud, entre su propio reflejo que ella misma advierte en el espejo —que le acerca una niña junto a la almohada— y su sometimiento emocional y claudicación ante la plebe —¿en este circo virtual de las estrellas?

Pasemos a cuestionarnos, si es posible, sobre esa su aparente —y sólo aparente— dócil manera de rendirse: tenderse a una orden de quien la domesticó, y abrirse de par en par a las intenciones hasta ese momento inocentes de quien la pretende; yacer ahí, exponer sin oponerse: su aroma (muy íntimo), contorno (perfecto), formas, silueta, figura, materia (exquisita), textura, carácter, ego, carne y emanaciones internas (¡ay, por Dios!): cualidades todas de la virtud de ser atractiva, pura o juguetona, cualidades en esta nueva ofenda que todavía intranquila pero ya acomodada, nos aguarda ya preparada dentro de su habitación; en su lecho, de noche, en la penumbra, ya acostada, temerosa, tras meditar y haber anunciado, horas antes, su decisión afirmativa ante mis exigencias sexuales.

Pasemos ya por último y con ella como objetivo —al abrir las piernas—, de la realidad del mundo que la vio caminar y partir plaza, al interior de su alcoba, donde la encuentro abandonada a su suerte por quien hasta ahora la condujo con diligencia en su papel como objeto, así como también y con extrema disciplina, durante su inolvidable travesía por los corredores de mi ingenio; acerquémonos en silencio a donde tendida suspira, donde de bruces medita, y en el silencio que le indicaron debía guardar, nos espera con impaciencia y cierto temor, adoptando esa postura tan indigna en el pasado para su persona, como ahora efectiva para producirme una nueva erección dentro de las etapas de nuestro ritual.

—Hablaremos del coito a la salida.
—Y el fragor de la conquista.
—El terreno que nos cedió.
—El laberinto de su riqueza.
—La bienvenida de su pasión.
—Y de la posición en la que se vio intervenida al momento de anunciarse como una ofrenda.
—Hablaremos más tarde de todo eso.
—Y de su cara.
—Y lo que concedió.
—Un reto, su ofrecimiento.
—La posición de las estrellas en el cielo.
—La postura de su cuerpo de acuerdo a mis ilusiones.
—Una posición comprometida con la historia.
—No olvidar que la posición traduce el espíritu de la actitud, y que esta, dentro del sentido de la existencia, refleja lo que es posible esperar de cualquier mujer objeto de nuestro idílico quehacer.

Vayamos hacia atrás en el tiempo, del desfile al momento de cargarla, y del abrazo al idilio, de la etapa en que escuchaba los adjetivos leídos en su nombre, al momento preciso en que ingresó a la habitación de su amante de esta noche. Apenas acaba de llegar; se presenta como la ofrenda destinada, poco serena, semidesnuda pero intacta, aún con su virginidad como significado amorfo de mis preferencias en la cama, apenas enterada de lo que a estribor le aguarda debido a mis anhelos, y dándose cuenta, al sentir cuatro manos sobre su espalda bendita y descubierta, de que ya es objeto de un cuidadoso análisis por quiénes la han recibido. Pasemos, minutos después, a nuestra revisión, a la manera en que ya completamente desnuda y sin la seguridad espuria de la ropa, la ofrenda desempeña la misión encomendada por su entrenadora; pasemos luego al estilo –una vez que nos la han presentado– y al contenido –una vez que se le ha desvestido–, así como a sus hijas, lujuria e inspiración: hermandad para quien la pinte y nos las ilumine en acuarelas. Pasemos a revisarla, y elaborada, así ya, dentro de un trazo que la convierte por un soplo divino de la artista, en algo independiente de mis meros deseos, en alguien que con creces expone los atributos necesarios para aquel otro caballero –mi álter ego– quien con creces habrá de acabársela debido a su entusiasmo. Pasemos pues a desnudarla.

–¡Ay!
–Pasemos a dibujarla.
–Y más tarde, si su recato lo permite...
–Pasemos...
–A formarla.
–Recrearla.
–Pensarla.
–Hacer de su carne una escultura.
–¿Cómo?
–Es con la pauta.
–Con el patrón.
–Con la silueta.
–Es colocando las manos ¡aquí!, sobre la modelo, como fuente de inspiración.
–Desde acá...
–Por aquí.
–Hasta allá.
–Así, lentamente descendiendo.

—Hasta donde el arte lo permita.
—Mi mano.
—Trazando la línea de su cutis.
—La curva de su espalda.
—El surco donde finaliza.
—El vacío en que aterrizamos.
—Otra vez.
—Boca arriba.
—Una vez más.
—Ahora, boca abajo.
—Extendida.
—De lado.
—Que se gire.
—Que se rote.
—Voltéenla de nuevo sobre su costado.
—Sosténgala de los brazos.
—Deténganla de su trenza.
—Arrástrenla al comedor.
—Empápenla en vino tinto.
—Sacúdanla de la cola.
—Bésenle las rodillas.
—Ataquen, ataquen constantemente su vanidad.
—Asístanla en sus aflicciones.
—Deposítenla en mi lengua.
—Amén.
—¡Eihhh!
—¿Qué?
—Dejen de acariciarla y pongan atención sobre lo que pido.
—Cúbranla con el velo.
—Retírenle lo que sobra.

—Colóquenle sus aretes.
—Extiéndale el cuello para atrás (la cabeza).
—Flexiónenla de la cintura.
—Acomoden las sandalias.
—Más abajo.
—Más.
—Que me permitan parcialmente observar la planta de sus pies.
—Un masaje sobre los muslos.
—Un poco de crema sobre la cara.
—Confundida con su expresión.
—Un poco de color sobre su lividez.
—Semejante a un ser viviente.
—Un poco de humor dentro de su apuro.
—Cosquillas en sus axilas.
—¡Ay, yyyya!
—Un poco de pasión dentro del ritual.
—Ceremonia de un matrimonio.
—Vístanla de nuevo.
—De novia.
—De blanco.
—Como a una nueva virgen.
—Y ahora vuélvanla a desnudar.
—Poco a poco.
—Con el estilo de una danza alemana y menor.
—Asómenla a su balcón.
—Que vuele hasta mi brazo.
—Depositenla sobre la meza.
—Atrapada entre mis dientes.
—Acurrucada.
—Así.

—Así.
—Ahora a la sala y entre las copas de aguardiente.
—Condúzcanla por todas las habitaciones de palacio.
—Al baño.
—Al inodoro.
—¡Ay, por Dios!
—Al corredor.
—¡Oh, mi princesa!
—A la alcoba.
—Sí.
—Sí.
—Sí...
—Sobre el lecho.
—Inclinándose obediente.
—¿Así?
—¿Qué?
—¿Que si así?
—¿Cómo dijo?
—Es la mujer ya preparada y en espera de instrucciones por su varón.
—¿Qué debemos hacer quiénes la asistimos?
—¿Qué debo hacer yo de amante ante sus inquietudes?
—Manda.
—Dicta.
—Ordena.
—Inspira.
—¿Suspira la prometida?
—¡Silencio!
—Ordene su señoría.
—Describa exactamente como habrá de querer encontrarla sobre la cama.
—¿De acuerdo a mi voluntad la manifestación de su belleza?

—Usted pida, que el tiempo se encargará de las concesiones.
—Recurramos a la lectura.
—O legendarias narraciones de la antigüedad.
—Y a la tradición dictada por las brujas de Macbeth.
—O las desviaciones que dictan las musas extraoficiales que acompañan a la esclava etiquetada.
—¿De qué dependerá la relación de sus segmentos?
—¿Dónde, brazos y piernas?
—¿Dónde, la ropa que nos cedió?
—Aquí.
—Más cerca.
—Más, más, hasta que su aroma domine mi sensación.
—Un mapa.
—De su espalda.
—De sus piernas.
—Polo norte.
—Polo... ¡mua!
—Me estoy basando en los conocimientos geográficos.
—Y yo me baso en una superstición con fundamentos racionales sobre su anatomía.

Basados pues, por un lado, en el cuerpo humano de la mujer y en función de los colores de que depende para expresarse en semioscuridad, como por otro lado, de la belleza particular de cada rostro bajo los velos, la esencia y los espíritus femeninos indispensables en mi ritual, así como también, en los principios de la estética y la personalidad de la ofrenda que se me otorga, mi voluntad sobre su cuerpo, y sus manifestaciones inconfundibles de malestar ante su inmolación; basados en todo esto y un secreto profesional imposible de revelársele a los lectores —potenciales—, los antiguos artistas depositarios de la gnosis habrían inventado —para la modelo y sus descendientes en la pintura– las múltiples indicaciones –y posiciones– plasmadas en un texto, un libro, un tratado de los modos de posar, una épica de la celebración con la modelo, una tira de su odisea, una obra didáctica monumental y enciclopédica, lienzo tradicional que se guarda junto a la historia; y junto a ellos, sus joyas; y junto a ellas, mis cartas; y juntos a todo esto que apenas cabe dentro de mi azoro, los calzoncillos retirados de las señoras que se han fervorosamente guardado desde entonces para la posteridad.

Y junto al discurso la imagen; junto a los dibujos catalogados con premura como anacrónicos y de mal gusto, y los poemas esotéricos de mi autoría que los acompañan –clasificados entre un estilo hiper-realista, e impersonal, así como obscenos y desautorizado para publicarse– junto a ese texto malogrado que recuerdo, y por las noches traduje de su incoherencia a los nobles lineamientos de nuestra forma de ser, junto a ellos apareció la sabiduría que nos enseña como disponer de una dama anulada en su voluntad y limitada completamente en su iniciativa.

–A ver.
–A ver.
–Cuéntanos mientras la acuestas.

Se lee el título: *De la manera de posar para la quien le toca ser ofrenda:* tesis.

Distintas posturas: más abajo, como comentario en latín, del traductor anónimo del griego.

"Prevalencia de ejes diagonales con la inclinación preferida por los maestros. Imagen inconstante y fugaz, evitando voltear para no ser vistas en el momento de la zozobra.

"Desplazamientos laterales de brazos y piernas y distintos ángulos con respecto al cuerpo; alejándose para permitir la conducción pasiva que de su cuerpo se logra entre las almohadas.

"Vistas tres cuartos de perfil."

–¿Qué más?

"Se agregaron colores intensos y brillantes, y cada una de las versiones cooperaron con su propio espíritu de ofrenda."

–Viene luego un espacio y aberraciones imposibles de dibujar (o interpretar), aún a la luz de los más recientes descubrimientos sobre la naturaleza animal de las desviaciones eróticas.
–¿Y luego?
–La lista misma de las maneras en que se les recomendaba posar.
–¿Cómo?
–Así:
–A ver léenosla.

"El inventario de las posturas es el siguiente:
"1) Erecta frontal; con los pies abiertos hacia afuera, puestos en línea recta, rostro de perfil. Una de las niñas enfrente, y que por su estatura alcanza a cubrirle hasta el ombligo. Se le agrega un lunar en la frente y se duplica la intensidad de su perfume. Guarda silencio mientras una túnica le cae desde los hombros. Es transparente y deja ver –para desgracia de la mujer– todas las cualidades propias de su edad y de su papel protagónico en nuestra celebración, gracias a las funciones que le corresponden como personaje pasivo dentro del ritual.
"2) Erecta de perfil; torso de frente, piernas y pies de perfil, y cuya separación cambia a cada momento. Variable la flexión de las piernas: desde una muy ligera y que semeja una reverencia, hasta la última versión definitivamente doblada y en cuclillas sobre la meza de estudio en la que ya la tenemos. Ha perdido el *brassière* y sus brazos sustituyen con dificultad dicha

función; perdió después también la pantaleta —¡ay!— y no hubo nadie, en esta última circunstancia, que socorriera a esta mujer en congoja —que estornuda— metida en aprietos ante mi imaginación —¡salud!—; arriba preciosa.

"3) En su trono (sentada); con las piernas abiertas y en su regazo sentada una de las niñas de menor edad, con el pelo castaño y suelto que cae entre las piernas de su señora. Otras dos semejantes le han colocado el gorro frigio a la víctima del día —sumamente entallado con el objeto de distraer— y estirar —las escasas y casi imperceptibles arrugas de su rostro ya maduro. Este es el de una mujer morena —¿y enamorada?—, aceitunada de su cutis, y que se encuentra viendo hacia el frente en fiel obediencia, a las instrucciones sobre los movimientos que durante el maquillaje se le indicaron hoy en la mañana. Variable la colocación de los brazos aunque no es necesario, por la posición de la niña, cubrirle los senos que se esconden a nuestra vista.

"4) Semiacostada; cuerpo horizontal, rostros de perfil en diversos grados de inclinación. Sin mayores comentarios que no sean el de señalar su resistencia a nuestra curiosidad.

"5) Hincada; torso sobre la rodilla doblada, rostro de perfil acomodado sobre un reclinatorio. Las manos a los lados abrazan un cojín. Se le exige una sonrisa y al final se le retira el gorro dejando que caiga —hacia delante— el cabello liberado. Agradece la discreción con que su pareja de lazo ha puesto, durante el ejercicio, una mascada sobre la superficie hasta entonces amenazada de su perineo.

"6) Sentada en flor de loto; versión diseñada específicamente para la admiración de sus senos al descubierto, y confundir a sus amantes cuya excitación es sorprendida por esta misteriosa como estoica serenidad. No lleva zapatos más sí una pulsera sobre el tobillo, y las uñas de los pies se le barnizaron de un color anaranjado.

"7) Sentada como siempre, al borde de la cama, equivalente simbólico más no psicológico del trono. Alguien le aparta el cabello del rostro y alguien más, sumamente discreto en sus movimientos y de aspecto femenino —en el modo de recorrerla– le pinta los labios imitando –como modelo de la modelo–, a las orquídeas que de nuestro jardín le fueron obsequiadas por las niñas encargadas de los enceres menores.

"8) Igual que la anterior pero coronada. Se le ordena que sonría y se le da un cetro artificial para que no se exponga en su totalidad durante la ceremonia. El atuendo comprende la capa, corona, tacones y un breve tanga color de las azucenas que apenas es suficiente para insinuar una sombra de misterio sobre su regazo. Vista por detrás –y al levantarse– apreciamos el listón que desde la cintura desciende y cruza sigilosamente entre sus glúteos; suponemos que viaja luego por la entrepierna para llegar a su cometido en la parte delantera, junto al introito. Hogar, dulce hogar es quien espera... En resumen: todo estaba listo para el atrevimiento de mis manos y su quehacer, sino porque en eso, y al vuelo furtivo de una alondra, se dio cuenta la doncella de mis planes, y volvió rápidamente a tomar asiento (y refugio) entre sus damas de compañía.

"8bis) Cubierta de abanicos y entre plumajes. La ropa, que notamos ya a su lado, acusa la verdad sobre las condiciones actuales en que su cuerpo se deberá encontrar al iniciarse nuestra exploración.

"9) Tendida boca arriba y en espera de nuevas instrucciones. Sus calzoncillos son amarillos (de tafetán) y están a punto de abandonar su territorio natural ante múltiples manos que se los disputan. El pelo descansa sobre la sábana bien extendido, y dos celadoras más, aparte de las participantes de la batalla de allá abajo, se encargan de alisarlo para la cita de amor de esta noche con su prometido.

"10) Recostada, adoptando el perfil propio y ya anacrónico de una esclava del medio oriente; definitivamente este diseño es una proyección descarada de nuestro pensamiento masculino –*wishfull thinking*, se comenta– como también es, dentro de su humana presencia, un verdadero personaje dentro de la historieta; una mujer en venta y habitual recurso de los mercados otomanos, que perdura en su finalidad hasta nuestro siglo y dentro de nuestro ritual.

"11) Igual a la anterior pero gratuito el uso de sus enceres. Acostada del lado sobre un canapé, por lo que sólo es posible de su desnudo observar la mitad de su cuerpo y por el que se haya optado para disfrutar. Hay evidentemente, dos versiones sobre esta actitud, y en la más conocida la vemos desde el frente dando voces enérgicas y señalando con el dedo para la correcta colocación de sus madrinas a los lados de su litera y entre su femenina (graciosa y juvenil) majestad. No lleva capa y su cabeza se observa descubierta; una diadema sustituye cualquier intento de adornarla con su corona oficial, y es evidente sobre su rostro el velo de seda que la caracteriza, y que por excepción, esta vez, no fue en ningún momento anterior parte de su lencería (la cual descansa en paz ya dentro de mi memoria).

"En la segunda versión, desde la espalda, obvia degeneración de la primera, la han abandonado las joyas, los velos de la cara y la decencia; es la misma posición pero diferente actitud, y se le sorprende en el momento en que flexionaba sus brazos hacia atrás para ayudar a la domadora a desabrocharle la cinta de su sostén. Alguien más, comedida, acercándose junto a nosotros y por abajo, ha extendido las manos para retirarle sigilosamente sus calzoncillos sin que lo note. Quien del otro lado la esté mirando podrá decirnos, al verla de frente, cerrar los ojos y sonreírse (para sus adentros), cual es y debería ser la expresión de una ofrenda al momento de exponer su castidad ante un auditorio.

"12) Un acercamiento a sus ojos habiendo reconocido previamente –y con las manos– las cualidades indiscutibles de sus senos. Una aproximación a su mirada y ojos (reveladores); lo que en ellos se ve una respuesta significa: el azul es un disfraz, el brillo una apariencia. Menciona (me señala al oído) sentirse incómoda ante tanto admirador, así como sorprendida por la indiscreción, atrevimiento y velocidad de quien la intentó enamorarla dirigiéndose inmediatamente sobre su la piel de su pecho.

"13) Atada a una vara de manos y pies colgando como producto de cacería. Debido a la incomodidad y el grado de humillación que se logra durante esta escena, su vigencia es tan sólo de unos segundos.

"14) Se le vuelve a acostar boca arriba sobre su cama, y en esa posición levanta las piernas hacia arriba, hasta el infinito. Conserva únicamente los tacones (azul marino y con diamantina), en este momento ya formando ya parte de la orquestación que ocurre ahí arriba en el techo de la cama y junto al cielo –y con la música de las esferas celestiales. Estando así, recibe la visita de una guía que la sostiene de los tobillos con un lazo, y ayuda de esa manera a que la ofrenda tolere exitosamente esa difícil postura el tiempo requerido, para con fervor nosotros podamos introducirnos en su interior.

"15) Sobre el lomo de un camello.

"16) Sobre la piel de una tigresa.

"17) Entre los brazos de su maestra, llevándose el dedo hacia la boca.

"18) Sobre un manto de margaritas en el jardín.

"19) Boca abajo y las mismas margaritas cubriendo las supuestas indecencias que imaginarse es posible, en ausencia de ropa y ante esta postura tan convincente de su papel en mi libro.

"20) Sobre la alfombra y ante la chimenea –demasiado convencional para conservarla. Se comentará, antes de desecharla, la suave manera en que se recostó frente al fuego, mientras sobre su cabeza las visitas le sugerían un estilo coreográfico para posar.

"21) Agazapada en una caja de bombones.

"22) Sentada frente a su domadora y agitando impacientemente un abanico con su manita. La visión que tengamos dependerá de la velocidad con que la mueva, el grado de protección que logre frente a nosotros sobre su cuerpo, al haber perdido en una apuesta no sólo la falda, sino también la blusa, el fondo y la mitad inferior de sus prendas de intimidad.

"23) Corriendo en un intento de que la velocidad confunda a quienes la admiran. No lleva nada más que su piel. ¡Dafne, Dafne!: levántate y...

"24) Suspendida de los pies, en medio de una naturaleza muerta multicolor. Es indispensable el cabello suelto para dar ese efecto vegetal al colgar libremente flotando sobre la fruta de una mesa. Los aretes también se precipitan en el sentido equivocado, son de oro y han provocado la avaricia de quiénes desde lejos, observan la escena dispuestos a participar de la mujer.

"25) Como talismán y dentro de una copa.

"26) Entre burbujas de un baño de tina que le dispensan. El jabón suple cualquier atuendo que se pensara; la espuma deriva en deseo, el deseo a su vez en sugerencias de lo que oculta, en las propiedades que guarda bajo el agua, accesibles únicamente al sentido de mi tacto al meterme también yo hace unos segundos a la tina y acompañarla en su expedición.

"27) Semejante. Dentro de un sauna y dejándome que sorba –y pruebe– una que otra gota de su sudor.

"28) Sentada ahí mismo con una toalla sobre la cabeza; por lo demás, en la versión al natural de su cuerpecito suculento que brilla por la humedad que el medio ambiente ha provocado. Uno que otro cabello que escapa de su turbante la identifica como la versión pelirroja de una de mis innumerables amantes. Me he detenido a conocerla en profundidad y a la sobra de los vapores que la dominan.

"29) En la mesa hecha bolita y acurrucada, entre berenjenas y mordiendo una manzana. Atrás el rabo de una cebolla como su disfraz, a los lados, las risas de los comensales que se preparan entre música y halagos a descorchar una botella para brindar por su vianda preferida.

"30) Sentada sobre una meza y las piernas colgándole en el vacío. Enfrente su domadora explica paso a paso los detalles de la exposición. Un lienzo de satén la defiende por adelante de quien la enfrente, por atrás varias visitas y amigas de su juventud han acudido a olerla –y conocerla– por vez primera como su deidad.

"31) Esta misma víctima sentada y viendo desde el balcón hacia el horizonte. Vista posterior de sus atributos, previniéndonos con su desdén, conocer el grado de vergüenza sobre su rostro y exponiendo, como consuelo, su espalda para el gozo de quiénes acudimos a su lado. El cabello rubio platinado rebasa el límite de los hombros sin llegar nunca a conocer el extremo de su cintura; su calzoncillo es blanco y sumamente entallado, sugiriendo la silueta de las nalgas niñas nenas consentidas; estas apenas se adivinan y se dejan suponer en el refugio del asiento; nalgas blandas, blancas, puras lindas y... mis futuras consortes, esposas discretas, se acurrucan para dormir en su privacía esperando no ser importunadas en su sueño. Habré, cuando se descuide, de extender la mano para corroborar las sospechas y ofrecerle la anunciación de lo que vendrá.

"32) En mis brazos en una posición comprometedora para describir. Una de sus admiradoras brinca tratando de alcanzar su cuerpo con las manos. Han pedido venir mil niñas a celebrarla y ella me comenta, dentro de mi columpio, la emoción que le produce tanto fervor sobre su persona.

"33) Esta vez también entre mis brazos y semidoblada; su cabeza cuelga hacia mi espalda y hacia el frente su pelvis descansa sobre mis hombros. Caminamos sin que se le permita ninguna demostración de su inconformidad.

"34) Mimetizando a una mascota y sujeta a mis apetitos por una cuerda.

"35) Revolcándose sola y aún sostenido su collar de mi cadena.

"36) Revolcándose junto a mí, y enfrentando con el rostro y la infidelidad a su antiguo esposo quien la visita asomándose a la jaula.

"37) A mis pies, besándome las sandalias. Horizontal por completo y extendida en los azulejos. Se le arrastró desde el salón. A su llegada en una vajilla, hasta el sitio donde la habré de reconocer en sus atributos. Tres asistentes sostienen la perfecta horizontalidad de sus extremidades, una más coloca un popote y un agitador de k.o. –tais entre los dedos de sus pies."

–¿Ya?

–¡Qué romántico!

Faltaron las descripciones de los otros participantes, sus posiciones, colores, y recabar la opinión sobre la belleza de cada una de las víctimas. De cualquier manera, puede decirse que en la sensibilidad artística de quien esto generó, se advierte el horror al vacío; hay un afán por romper la uniformidad del plano color azul sobre el que se insertaron las imágenes...

–¡Ya, ya, ya!, acuéstate junto a ella en silencio.

NOLENS, VOLENS

Esta vez sí como objeto a la mujer conduzco hacia su ejecución –¿habitación?–. Plegado su cuerpo sobre mis hombros sus piernas quedan suspendidas frente a mi pecho y hacia el frente, por atrás, su busto se arrastra y desciende por mi espalda, mientras sus ojos, en declive, miran sin otra opción hacia mi cintura. Conserva los aretes, la mitad de su valor (gorro), y la sortija. De lo demás, sólo el perfume y un mínimo pero aún sobreviviente sentido de la dignidad que explicará el porqué después y en el altar, y en el mero instante de ser consagrada, no habrá de querer dar su nombre ni la cara al numeroso público que acudió a glorificarla, y que a pesar de la censura nos habían rodeado desde en denantes para admirarla durante su porvenir.

Caminamos por enésima vez a lo largo de la novela –¿qué otra cosa se puede hacer dentro de tal?– mientras por los lados del camino y de la narración van surgiendo aquí y allá las tentaciones para la mujer, así como también los personajes secundarios, muchos de ellos esperables, otros necesarios aunque calcados de la irrealidad, y que uno a uno se desenvuelven, o en fervor se desviven, por obtener los favores escatológicos y anatómicos de mi ofrenda de lujo.

¿Quiénes son ellos? Empecemos con el enano de cabellos largos que se cuelga de sus tobillos suplicándole su atención. Ella lo evita con un gesto de desprecio y tapándose con dos dedos la nariz.

–¡Fuchi! –habrá pensado.
–Seguimos.

Seguimos con la hija redimida, que en las dramáticas circunstancias descubre el valor de la tradición, y desde el abismo se acerca a su madre para saludarla, rendirle homenaje por su entereza ante lo que ha accedido, y ofrecerle su apoyo ante la adversidad. Mi amada la reconforta desde sus alturas heredándole la tranquilidad ganada con su entrenamiento, y regalándole su sortija de un primer compromiso, en parte gracias a mi sugerencia al lado de la escena.

–¡Ay!
–¡Ay!
–¡Qué lindas!
–Shhhh.
–¿Qué sigue?

Después vendrán dos loros, el perro, un chino –ella guarda un prudente silencio ante los protagonistas. Se agrega una yegua alazana donde depositarla (en su lomo) mientras descanso de su peso, al mismo tiempo que desde la oscuridad surge mi doble a quien enamorado lo sorprendo de las partes pudendas de mi carga, ella se ruboriza, me comentan, al recibir un beso demasiado atrevido tanto por su localización como por sus intenciones –¡ay por Dios!– y más tarde, al final del pasillo, ya sometida, y en espera del ascenso hasta su nuevo tálamo durante el festival, al evocársele esa penosa anécdota de la feliz travesía, querrá borrarla de su memoria y escapar a galope por la llanura.

Tacatác, tacatác, tacatác, tacatác.

—Pufff.

¿Y quiénes más aparecen ante la curiosidad por lo que cargo? Un mono en el espejo y personaje equivocado, pienso yo, de alguna otra publicación del mismo autor; una mujer, ella misma, la modelo, plasmada sobre un fresco donde a colores pero inmóvil, aunque desnuda también como en la realidad, se decide por fin a trascender dentro de la sociedad a costa de la decencia y su reputación; aparece en seguida —no sé por qué— un héroe revolucionario y caduco que proviene de la novela competencia intelectual de la que escribo.

—¡Traición, traición!
—Suspense.
—Realismo mágico caduco.
—¿Qué más?

Observo más allá a un dios que se disfraza como un anciano, a uno más como borracho, y en la cola una deidad que por su actitud es un enfermo; un hombre común más allá, simple, mediano, sencillo de campo, sano, santo, tanto, que no entiende de que se trata lo que sobre la dama y al rato habremos de celebrar.

—Shhhh.
—Shhhh.
—¿Quién más?

¿Quiénes más?: Un poeta adicto en su amor a las desviaciones y en el que me he estado continuamente proyectando; un esposo celoso que de tales debilidades se ha curado y ahora hasta nos aplaude cuando paso triunfante con mi nueva propiedad; una madre amorosa que afligida corrobora –frente al desnudo escandaloso de su hija– los resultados biológicos de su herencia –a los que se habría agregado el modernismo estético del vestido que le acabamos de retirar a su descendiente–; un perro, también, aparentemente sin dueño y Weimaraner que se ha atrevido a husmear entre las piernas de la modelo –¡ay, quítenlo de encima!–; sí, aléjenlo por favor, asústenlo con amenazas y que regrese a su capítulo para que no vuelva a sustituir a los hombres en su papel.

–Gua, guau, guau.
–¡Fuera!
–Auuuuuuuuu.
–Sigamos.

Sigamos. ¿Quién más?: Una mujer muy guapa, tímida y cobarde, que hace diez años no se atrevió a lo que Beatriz hoy está dispuesta durante el festival. Sigue de cerca y con devoción a quien transportamos, y en más de dos ocasiones le ha susurrado al oído el fervor y la admiración que de ella por su arrojo se ha ganado; más allá, y entre los personajes de las mejores influencias, un príncipe de azúcar y pacotilla se aparece, y con un lenguaje corporal inútil aunque esperable, intenta a mi mujer enamorarla, para engañar de esa manera –¿qué otra podía ser?– en sus ilusiones, a quien desprotegida, aún medio inocente pero con audacia, a la máxima prueba de madurez se habrá de someter dentro de unos momentos.

–¿Y aquellas vestidas así y con ese aire tan altivo y demasiado chocante?

Un grupo concreto de señoras elegantes lo sustituyen en su saludos al desaparecer mi escasa competencia entre la multitud. Son de la alta sociedad, con la misma edad de la ofrenda y el mismo pensamiento entre todas ellas dentro del grupo: admirar desde lejos y en carne ajena –de la modelo– la consumación de impulsos generados desde sus sueños e imposibles de reprimir.

–¡Hosanna!
–¡Hosanna!

Y ese de más allá es un niño que vende instantáneas de esta misma modelo vestida y cuando era adolescente; uno más que dibuja –en blanco y negro– sus formas obscenas, actuales, maduras y ya desnudas también y a colores, lo que supone, desde su edad y su imaginación, ocurrirá entre ellas y mi persona bajo las sábanas en el festival.

–¡Miren!
–¡Mira!
–¿Y allá?

Surgen después un grupo de palomas para enfatizar el simbolismo de lo que hacemos; siete doncellas inocentes vestidas a la manera del inevitable diseñador francés, que se agregan a la comitiva del lazo que nos acompaña. Viene por supuesto con nosotros la corifea: una domadora bastante bonita a pesar de su rol protagónico, su pelo claro y acento del sur, y a la que por cierto se le ha anunciado su transformación –por el destino– en una futura ofrenda para el siguiente ritual que organicemos. Se lo acaban de hacer saber las autoridades y las buenas nuevas –como eufemismo– provocan en ella una depresión; con lágrimas en los ojos adivina que es para ella el ramo de azar que ahora vuela por el firmamento, junto a la ropa interior de su antigua alumna que si hoy se ha rendido sobre mis hombros es en parte gracias a su fina labor. Con ese mismo llanto —oculto por un velo y el ruido de la muchedumbre que la traiciona— la domadora por última vez, ejerce y actúa como autoridad, nos acompaña y se despide, junto a la víctima a quien decoró, de todo tiempo pasado que fue mejor dentro de su personal opinión.

—¡Ah qué tiempos!

Junto a la promesa femenina para el mañana y en frente de la que hoy una realidad sobre mis hombros, aparecen los músicos de la comunidad y las bayaderas importadas de oriente, una campana, luego un juego floral con azucenas; un silencio absoluto, por fin, en los últimos metros, antes de alcanzar el recinto donde a mi propiedad femenina sobre la cama habré de depositar para su adoración; mientras tanto prosigo con mi carga bendita hacia el himeneo, comento con ella los incidentes —que no ve— y de manera intermitente guardo silencio haciendo votos para que la ofrenda —sedada o en un trance, o borracha ante su popularidad— cumpla en la cama su promesa de acabar con mis más bajas tentaciones.

De nuevo describo como si en este momento estuviera pasando, lo que media hora antes y ya sin ropa, debió haber ocurrido para poder justificar la escena y a sus personajes de nuestro actual escenario. Se la ha desnudado por completo y yo me agacho frente a ella cual medieval caballero solicitando de su dama los favores; ella cubre su desatino y titubeo con el esperable pétalo de una flor que en otro capítulo le ofrecí, aspira distraída la fragancia de su defensa natural, sonríe y parpadea, tose y voltea a diestra y siniestra como si dudara, arroja luego la flor decidida por la ventana —y a la libertad— y pregunta la manera en que se deberá colocar ya desnuda sobre mi espalda. Le explico brevemente lo que su domadora nos ha señalado como obligatorio dentro de la liturgia, y en seguida, y en voz alta, llamo a las hadas madrinas infantiles que nos ayudarán en el compromiso y con su ascensión a la gloria. Mi posición es casi de rodillas y la suya, al inclinarse y a continuación, semejante pero a la inversa. Una mano en su espalda la guía en la flexión de su cintura (genuflexión), dos más se le presentan para que apoye los talones —sin zapatos— otras cuatro detienen sus brazos desde atrás de mi persona y ¡arriba!... Pufff.

—¡Ay dios mío!
—¡Arriba!
—Pufff.
—¡Ay!
—¡Ay, no se vaya a caer!

A ver, otra vez. Se trata de que todos, de manera organizada y al mismo tiempo, hagamos el movimiento y la modelo ascienda y descienda otra vez, a lo que mi cuerpo le ofrece como refugio.

—Así, así.

Una vez más y de nuevo en las alturas, doblada sobre ella misma y apoyada sobre mi silueta, adopta en definitiva la actitud corporal que le diseñamos —aunque aún no muy convencida y a regañadientes— mientras a sus pies y con mucho respeto, las solícitas madrinas le colocan de nuevo sus tacones ante su previa petición. Se hace de inmediato un recorrido de arriba a abajo por su silueta —en dos ocasiones, debido a la posición— y se le encomienda, esta vez en voz baja, guardar la debida seriedad durante el largo y sinuoso camino hacia su destino como sagrada ofrenda dentro del festival.

¿Qué es lo que siento en esos momentos? Bueno, su presencia cercana y aún nueva y fresca para mí, su timidez, su azoro al saberse observada fuera de su control, su impotencia al verse expuesta a las miradas sin poder con sus ojos –debido a su posición– responder a las insinuaciones de los demás (y que iré describiendo); detecto también su incomodidad, su pesadumbre, su largo hastío de cualquier protocolo en las tradiciones del rito, su tristeza –traducida dentro de la literatura como lágrimas– así como un intenso sentido de responsabilidad ante la historia, al proseguir espontáneamente con el sacrificio en que ella y por azar se nos ha prometido.

Camino y durante cuatro o cinco páginas le platico de mi persona; ella calla pero sé, por el ligero temblor de sus nalgas sobre mi mejilla, y que en mis manos por adelante se detienen y lo registran, que ha estado escuchando atentamente mi voz y su mensaje, todos los cuentos y fantasías, incluyendo también, la última y subrepticia proposición de matrimonio a la que fuera de control llegué a solicitarle; y a la que me responde con la rutina esperable en cualquier ser femenino, al decir no saber que querer para alcanzar su felicidad. Yo insisto apretando un poco más mis brazos sobre la carga deliciosa; ella en la duda se mantiene mientras proseguimos.

¿Qué es –mientras tanto– lo que siente ella al llegar a la habitación y qué pudo ser lo que pensó durante el recorrido? Se agachan las muchachas para escucharla: "angustia por el abandono –comenta entre la desazón– ansiedad y zozobra así como una emoción, aún controlable, por las consecuencias que su atrevimiento bajo mi organismo ha de experimentar".

–¿Seguro?

¡Definitivamente!, eso siente, repiten las niñas como en coro y agregan que ella y horas antes, al reconocer con su desnudo la dramática situación en que se encontraba, refiere haber percibido una intensa melancolía así como el inicio y subsecuente desarrollo de esa sensación de soledad que nunca más habrá de abandonarla –contradicción por cierto, de la que yo al escribir no he podido liberarme ni para ayudarla.

¿Y qué pasó en realidad con la secuencia de su pensamiento? Bueno, vino de su parte y primero la negación –habitual en cientos de mujeres que hemos visto desnudas caminar para ser exhibidas dentro de la multitud–; luego tristeza, y quizás indiferencia con un poco de frío, antes de adaptarse a vivir (posar) de esa manera y sin su vestimenta; más tarde, gracias a mi arrullo y las palabras de su dueña, todavía a mis espaldas, tuvo que aceptar de manera estoica los imponderables que por la vida y el corredor van apareciendo.

–¿Qué más debió sentir hacia el final?

Pasión –¿será?–, luego un suspiro, luego, intraducible el pensamiento durante su llanto, y más adelante, al detenernos a que sus formas expuestas, blanco fijo para los ojos de la multitud, probablemente recordó las primeras enseñanzas que en su papel femenino y como protagonista, habría desde niña jugado en la sociedad; advertencias dictadas por su madrastra y que por cierto, recolectadas en un solo volumen, constituyen el canon que la domadora revisa de nuevo a sus treinta y tres; lo ha venido haciendo con su preferida desde el instante en que se la presentaron –al bajarla de la litera y depositarla junto a mi destino–; desde el momento de la discutible selección en las vitrinas, cuando aún sin el maquillaje se le preparaba para mis ilusiones, en los jardines y en las fiestas ofrecidas a las novicias durante su preparación, a la sombra de su intimidad al acostarla todas las noches por un año, en las largas y prolongadas conversaciones con su alumna sobre temas de anatomía y las funciones posibles dentro de su cuerpo, en el otro año, casi eterno, de la ofrenda dentro de la jaula y en espera de la llegada –desde quien sabe dónde– de una nueva pureza que la caracterizará; al momento, por último, ya terminada su educación, de colocar a la señorita sobre sus brazos (en un guante), y con un beso que por sincero no deja de ser estimulante –lo he probado– estrenar su nueva etapa de inocencia y desarrollo de la psique.

¿Qué es, por otro lado, lo que ella debería sentir y ante el nerviosismo probablemente ya se le olvidó en su participación? Palabras de amor para repasarlas en su conciencia y de esa manera, con la imaginación dominada por la agitada y melodramática fantasía, permitir al amante una mayor profundidad en las intenciones de lo que se ha propuesto; o por ejemplo una sonrisa, allí y cuando su rostro, atractivo sin duda alguna, se cruzó con el de mi persona en su movimiento, segundos antes de agacharse para desaparecer como persona y venir a formar parte de mis pertenencias.

–¿Qué es lo que hubiera sentido María Teresa si al sustituir a Beatriz estuviera hoy mismo, y en verdad, a la diestra de mis proposiciones?
–Allí, desde mis hombros, adivinaría el futuro inmediato en el que en la cama, con su esposo Herminio, esperaría ansiosamente de mis favores en aquel *ménage à trois*.
–¿Qué?
–Así.
–Una imagen.
–¿Qué?

Platico con la Teresa –mientras la llevo– lo que habrá de ocurrir con ella, y en sus enormes ojos verdes ya vislumbra –lo adivina– lo que a su vez yo entiendo debido a su expresión, deberá ocurrir en unos minutos más dentro de la cama y en la escena final.

–¿Cual?

En esta otra la marcha ha terminado y ya bajo las sábanas se ha dormido junto a mi lado. Su bruxismo del sueño me despierta, y lo mismo hace, del otro lado y enfrente de ella, con su esposo. Un beso al mismo tiempo y desde la garganta; la sensación la alcanza, la atraviesa, y encuentra a mi tesis junto a la nuca –¡oh!–, y su perfume aquel, flotando entre los divinos cabellos.

–¡Poeta!

Reconociendo aún bajo su cintura los residuos olvidados de su atuendo, me zambullo entre las cobijas a explorar lo que aún oculta la princesa durante su reposo. Anterior a esto y al acostarse, se le había recomendado el uso de prendas íntimas livianas, de preferencia blancas y semitransparentes, fáciles de retirar en un apuro, y esto es lo que encuentro ahí abajo en lo profundo, dentro de la cueva que en el lecho y bajo las sábanas ha ofrecido refugio a su intimidad.

Salgo a la superficie con el tesoro, y lo que vi, juzgué y palpé en las profundidades al vencer su discreción durante mi campaña, es un secreto a voces que tarde o temprano en algún párrafo habrá de aparecer.

Seguimos en la odisea. De común acuerdo la acomodamos a nuestra merced, él la enfrenta, yo la apoyo, él le flexiona el cuello, yo separo muy suavemente y sin llegar a despertarla, las defensas de seda que ella se colocó al momento de retirarse con su doble pareja; y así, al unísono y en silencio, mientras la prometida se encuentra todavía dormida, y sin que se entere dentro de su conciencia, acaba de recibir hace unos instantes, la primera visita simultánea de nuestra curiosidad.

Detengámonos allí, ¡sí!, que nadie deje de hacer lo que le toca, y repasemos lentamente el tipo de movimientos indispensables para amarla simultáneamente por dos de sus principales orificios.

De manera oficial su cónyuge la persigue; de manera subversiva mi presencia es quien la ha atrapado. Es necesario rodearla con mis brazos para evitar durante el movimiento –del prójimo– que la mujer se escape de mi dominio. Para no despertarla, se evitan de manera específica las caricias sobre su cara, y es él sobre su busto –aún cubierto– y yo recargado sobre sus espaldas, que comenzamos a apreciar los atributos solicitados desde la caminata por el semioscuro pasillo.

Se despierta y entonces, lo supongo, el apretar la mandíbula es ahora parte de su voluntad. Se sabe perdida al voltear hacia los extremos de la cama (lados), y sólo espera que de los dos, alguno la comprenda y durante el amor –a cuatro manos– la tome en consideración. Se sabe perdida, ¡oh pobre!, sin caer en la cuenta que durante el sueño ya recorrió la mitad de su viacrucis. ¿O lo sabe o se lo guarda?, o quizás lo está advirtiendo ahora mismo, en que al llevarse la mano hacia los genitales, ha descubierto la humedad de la reciente visita. No se le da mucho tiempo en sus conclusiones y entre los dos nos disponemos a proseguir con su enamoramiento. Por mi posición me corresponde desabrocharle lo que le resta y aún protege su busto de nuestro fervoroso entusiasmo, habiendo resistido, justo es señalar, los fogosos encuentros con el primer par de sus amores; a su esposo se le facilita probar una nueva pasión dentro de sus labios, aprovechando su cooperación en la vigilia, y a mí se me indica, en silencio, concluir en la ceremonia para desvestirla y, ¿por qué no? –medito–, una vez realizada la mayor parte de la tarea dentro de los preparativos de aquel romance, quizás entonces podré, con equidad y justicia reclamar, la primacía al momento de inaugurarla, y una vez que su domadora desde los pies de la cama nos los llegue a autorizar.

Esperamos de nuevo a que se duerma. Se logra el objetivo media hora después de estarle acariciando con mi lengua detrás de sus oídos –shhh, no me la despierten.

¿Pero, cuál es –me preguntan– el motivo de amenazar a una mujer que ni se lo imagina? No lo sé con seguridad, es mi respuesta. Supongo que todo queda en suponer lo que despierta habría de sentir al atacarla. Imaginarse –me comentan otros– lo que ella habría de meditar si con su conciencia contara al momento de ceder. O quizás aprovechar ese momento fisiológico de descuido, para sobre ella cumplir con la obscenidad que sus ojos abiertos con respeto divino nos habrían de detener.

Una hipótesis alternativa o complementaria y que no contradice a las anteriores, supone la necesidad eminentemente práctica de penetrarla por ambos lados y una vez así, como un istmo entre dos océanos, traerla de nuevo al mundo, a que con su estilo personal, manifieste su respuesta emotiva a los dos pretendientes. ¡Ay! –se agita–, sí, así se agitaría, si mi tesis última fuera verdadera, en el abrazo que culmina entre los tres protagonistas.

Y a la siguiente noche y a las demás se ha invertido la posición de uno de los amantes; en ocasiones la de los dos, y durante dos semanas eternas entre las sábanas, se lograron todas las alternativas imaginadas y que la anatomía femenina es capaz de experimentar.

Hay quien duda de que todo esto haya ocurrido, por lo que es necesario detenerse en explicaciones más específicas. Para aquel martes de la leyenda y manteniendo con somníferos la actitud relajada –y premeditada de la mujer– el esposo la recibe, estando boca arriba, entre sus brazos; la mujer somnolienta abraza involuntariamente a uno de los dos que la cortejan. Completamente suelta se le separan las cuatro extremidades, y es mi tarea la exploración de la mujer desde la espalda y sin que caiga en la cuenta de mis sucias intenciones. Se ha modificado la situación lateral –original y primera– en que la señora además de su esposo, admitió a otro participante dentro del mismo idilio; ahora, un día o sueño después, la pirámide humana está casi lista para este ritual, como por siglos a situaciones igual de metafísicas lo han estado. Y entonces se repite aquello de "primero un beso luego...". ¿Se acuerdan?

–Y...
–¿Qué?
–Shhhh.
–Es el cuento –¿del sexo?– de nunca acabar.

CANTICUM VII

DE AUDITU

—¿Teresa, dicen?
—Sí, si sus calzones son blancos y coinciden con el color de su vestido para la fiesta.
—A ver.
—Sáquenlo del armario y levántenle la túnica a la doncella.
—¡Ay!
—Verifiquen la semejanza de las prendas.
—...y de las damas su coincidencia: la de Teresa y esta muchacha que esconden bajo mi lecho, para ver si son la misma mujer y saber de cuál me he enamorado.
—¡Qué oso! —su primera expresión al verse en paños menores.
—¿Cómo estuvo eso?
—Es la saga.
—Son sus caderas.
—Es su leyenda.
—Como en los cuentos.
—Al verla.
—Mirándonos.

—¿Y los ojos?
—Miradas que decapitan.
—Brillantes que se derriten.
—En lágrimas de coraje.
—¡Ay, qué linda!
—Que furibunda.
—A veces muerde.
—Y ha luchado.
—Cantemos.
—Cantémosle.
—Cantémosla como heroína, y saliendo semidesnuda de un solo de metales.
—Llora Teresa, llora, llora tu derrota.
—Adiós a ese vigor que te encumbró.
—Y te vio nacer.
—¿Y para qué?
—Ese coraje que te distinguía.
—Ese impulso que claudicará más tarde al arrodillarse frente a nosotras para ser sometida —dicen las musas mientras le dictan al poeta.
—Y ese genio que desaparecerá.
—¿De veras?
—Su furor.
—Su desdén.
—Su ira cercana a la divina.
—Ese gesto de dragón femenino que despierta.
—Y resopla.
—Vomita fuego e imprecaciones.
—Arroja lava.
—Emite ruidos.
—Expulsa...

—Dirime.
—Y hasta tiembla...
—De coraje.
—Sin embargo y a la larga se someterá.
—Izará bandera blanca.
—Sus calzones.
—¿Sus calzones?
—¿Qué otra cosa le queda en el cuerpo para comunicar su derrota?
—¿De veras?
—En fin, se dejará desnudar y colocar el maquillaje como todas las demás. Todavía temblando por las emociones de batalla, depondrá sus defensas en favor de la dama que llegó a conquistarla. Y así, mientras su domadora la esté desvistiendo —en su último capítulo— se morderá los labios de rabia pero no tendrá otra opción, tendrá que aceptar el papel para el que se la seleccionó.
—Acuéstenla ya.

Orden de la Señora Leonor y con lo que comienza la anécdota que les cuento.

—Pero...
—¡Qué la acuesten!
—Es la voz encendida de Señora Leonor. Es ella, la domadora que ya llegó.
—¿Y cómo viste?
—¿Y a quién desviste? ¿Con qué motivo?
—A su alumna; para el amor.
—A ver.
—A ver.
—Cederás tu anatomía —le pronostica— y aceptarás el reto que se te ha impuesto la fuerza del destino.

Y junto a la frase *kitsch* pero llena de melancolía, la ofrenda María Teresa se queda azorada de lo que está sucediendo.

—Mua —para consolar a quien se ha ofrecido supuestamente de voluntaria.
—Mua —para enamorarla, de manera colaterla.
—Un regalo.
—Una ofrenda.
—Para otra ofrenda.

Un cetro de oro y mis dominios para la princesa —reina mañana— que amanecerá sobre mi lecho.

—La luna —su cara— y las estrellas —se le ofrecen.
—Un ramo de claveles.
—Unos versos latinos.
—Una vida en la cama llena de felicidad.
—Un amor intenso.
—Una pasión desbocada.
—¡Pufff!
—¡Perdón!
—Un pesario.
—Mis proyecciones.
—Un calmante.
—Mi anhelo de adorarla desde atrás para que ella no lo note.
—Un suave masaje sobre sus hombros (con crema).
—Frente al espejo un poco antes del epitalamio.
—¡Ahhhh! —se defenderá.
—A la larga se verá traicionada por las zonas íntimas de su piel que ya se encuentran expuestas, al superar estas, a las que todavía se mantengan bajo el dominio de su discreción.

—Mua —segunda llamada.
—Retírenle la capa.
—Así, ahora acá.
—Estira el brazo... el otro.
—Ya está.
—¡Pufff!
—¿Otra vez?
—¡Ay!
—Mua.
—Tercera llamada, Teresa, comenzamos.
—¡Ay no!
—¡Qué sí!
—¡Qué no!
—Sí.
—¿Por qué?
—¡Teresa!
—¿Quééééé?
—¡Silencio!

Todo comenzó aquella tarde en el salón de las novicias cuando ya irritada por un asunto foráneo llegó su domadora.

—Sí, yo estaba ahí.
—Yo también.
—Estaba, por otro lado, la Teresa ya casi preparada.
—Y enojada también —para variar, en su difícil carácter.
—Estaba que echaba lumbre.
—No sabemos por qué.
—Quizás por ella, ser ella misma.

—O por su imagen en el tocador —ya maquillada— no superar las expectativas que una diosa se impone como propia exigencia.
—O ya semidesnuda y al levantarse del espejo, caer en la cuenta de la peligrosa atracción de su cuerpo a las demás señoritas.
—O no poder defenderse de los ojos.
—O de los pensamientos.
—De impulsos y vilezas...
—Expuesta ciento por ciento frente a las demás.
—Noventa y cinco, por las pantaletas.
—El hecho es que estaba como fiera.
—Hecha un basilisco ella entera.
—¿Era ya señora o todavía señorita?
—Señorita, para efectos del ritual.
—Estaba que trinaba.
—Enfurecida.
—Y la otra...
—De por sí...
—Y que la reprende la institutriz.
—Y que le contesta la víctima supuesta.
—Orgullosa.
—Presumida.
—Altanera.
—Y mal hablada.
—Pero con garbo.
—Con brío.
—Contestaba los ataques.
—Incitaba a las demás, provocando a la autoridad.
—Se hicieron de palabras.
—Se enfrentaron una a otra.
—Paso a paso, girando ciento ochenta grados.

—Como en los duelos de los *cowboys*.
—Se miraron como águilas.
—¡Acuéstate! —le indica su domadora.
—¿Qué? —contesta.
—¡Te digo que te acuestes!
—...
—¡Sobre la cama!
—...
—¡Que te acuestes Teresa!

Se llena la sala de silencio, la violencia flota en el ambiente, todo mundo voltea y observa el reto que se ha planteado; las miradas, la vibración de los cuerpos, sus olores, el instinto en pleno.

—¿Cuál era la dominante?
—Aquella.
—¿Quién?
—La señora alta y morena.
—¿La Señora Leonor?
—Sí, la domadora.
—¿Cómo lucía?
—Llevaba un abrigo de pieles, traje sastre y zapatos de charol; un sombrero de piel y una malla de encaje sobre su rostro; guantes, perlas y corales sobre su cuello.
—En cambio la Teresa...
—Semidesnuda. ¿Se imaginan?
—Únicamente su pantaleta (suficiente para enfrentarla).
—¡No!
—¡Sí!
—Un combate de interjecciones.

—¿Sí?
—Y embravecida persevera en su rebeldía.
—Se le enfrenta.
—¡Dije que te acuestes, por última vez!
—Y que se acuesta.
—Por fin se rinde.

Suspirando se inclina sobre la cama; la detienen sus compañeras, la sostienen —más bien dicho— y la apoyan en su derrota; la mujer desnuda y a la orilla de la cama, vacila un momento en un último destello revolucionario antes de tenderse como se le ordenó.

—Ganó quien lo merecía.
—¡Ay no!
—Pobre Teresa.
—Que mortificación al acostarse de esa forma.
—Y toda esa escena enfrente de las novicias y sus amigas.
—Pobrecita.
—Mua.
—Bueno, la más joven de las dos tuvo que ceder. Estaba que echaba chispas pero no hubo de otra y se tuvo que inclinar ¿Ven como lo está haciendo?
—¡Asómense por acá!
—Una última mirada —¡madre mía!
—¡Qué genio!
—Si hablaran sus ojos o tuvieran color los pensamientos.
—¡Qué carácter de mi mujer!
—Mordiéndose los labios se ha colocado de bruces y esconde una amenaza de llanto frustrado entre sus brazos.
—Que en eso quedo.
—Se le consuela.

—Mua.

—Controlando la rabia y boca abajo, espera la señal para que comience la ceremonia.

—Mientras la domadora retira lentamente los calzoncilos —como con ese gesto de ternura querer iniciar la conciliación.

—¡Esperen, esperen!

—¡Shhh, ya vamos a empezar!

—Es que yo sabía otra versión sobre lo que ocurrió.

—¿Dónde?

—¿Cuándo?

—¿Con quién?

—¡Con la Teresa!

—¿Conmigo? —levantando la cabeza.

—¿Y cuál es esa?

—Es —según me dicen— ligeramente más emotiva, pero en la modificación de los pequeños detalles es donde radican las grandes diferencias en un relato. Los motivos e instintos son los mismos de la otra versión, pero cambia la escena en el momento en que la ofrenda es colocada sobre la cama, asunto por demás fundamental en el desarrollo de la liturgia —y del amor.

—Es una versión sin censura donde la violencia domina sobre las palabras.

—A ver Teresa, levántate y actúa lo que tal vez pudo ser la verdad.

—Pónganle la capa de nuevo sobre sus espaldas.

—Y las bragas en su lugar. ¿Dónde quedaron?

—Empieza así, casi igual en sus inicios.

—¿Cómo?

—Con la Teresa.

—¿Teresa, dicen?

—Sí, si sus calzones son blancos.

—¿Pero si no coinciden con el color de su cabello?

—Que importa si en unos instantes los ha de perder —para mi fortuna y beneficio de la leyenda que estamos generando.
—¿Pero es ella?
—Sí, nada más que maniatada sobre su lecho del ritual.
—¿Pero quién...?
—¿Por qué?
—¿Para qué?
—En la inteligencia de...
—¡Si es casi una niña!
—¿Pero por qué? —protestarán las lectoras, al unísono con las novicias y las amigas de la víctima.
—¡Es que es ella! (sic.)
—Es Teresa, de la única manera posible que se ofreciera a nuestro fino apetito.
—¿Y las medias?
—Allá atrás, sobre el tocador y en espera de un coleccionista que las reclame; allá atrás depositadas, junto al espejo, las plumas y las batas, junto a la capa de brocado que se le acaba de nuevo de retirar, y el *deshabillé* amarillo que se le exigió lucir durante el la primera parte del desfile.
—Y el tocado.
—Y majestad.
—¿Y su rostro?
—En contacto y meditación con la sábana que lo ha socorrido, y en espera para llorar dentro de un rato, al entregar como prometida lo que se le exigió desde ayer en el banquete de bodas.
—Y la frente con un diamante reclinada sobre un cojín oriental.
—Y el gesto de enfado que no suprime, y el sollozo que cesa ante las testigos.
—Y la sonrisa que se evapora.
—Fresca.
—Limpia.

—Y vaporosa.
—Mmmmm: ¡qué rico!
—¿Y su nombre?
—Aniquilado como castigo a su soberbia.
—¿Alquilado?
—¡Ah, la indisciplina!
—Rubia alguna vez, así como altanera.
—¡Ah, la juventud!
—El entusiasmo.
—El ahínco para pelear.
—El mal carácter de la persona.
—El cuerpo que se resiste a lo inevitable.
—¿Pelirroja?
—Hoy por hoy, un producto de su mala educación.
—Un espécimen para volver a reconstruir dentro de su jaula dentro de dos años.
—Y cultivar –ahí y en calma, dentro del cristal– los pocos rasgos exquisitos que la distinguen de una cualquiera.
—La elegancia que nunca se ha contrapuesto con el furor.
—Educarla y entregármela en un futuro con un moño y suavecita.
—Azucarada.
—Deshecha entre los pétalos de su vida.
—Habrá pues que dejarla entre los barrotes de la jaula, a meditar los impulsos que en un futuro no lejano, deberá dominar sobre mi cama.
—Ponerla a disposición de la dueña Leonor.
—Dejarla con un residuo de orgullo anclado a la docilidad que se le establezca. Dejarla con este mínimo talante necesario, que ofrece el rostro al instante en que se le indica, someterse a nuestros intereses eróticos.
—Mantenerla en el límite preciso entre la fuga y el deseo.
—En medio de su inocencia, que aún no ha perdido por completo.

—Y la vivacidad.
—Inclusive la malicia de niña traviesa que ya ha mostrado en las correrías por los pasillos de este santuario, así como también en el baño turco, donde arrojando la toalla se orinó enfrente de todas sus maestras.
—¿Te acuerdas?
—La contra.
—La muta.
—La furia.
—De legendaria concubina.
—Apedréenla de palabra.
—¡Berrinchuda!
—¡Malencarada!
—Medio neurótica.
—Es un primor, no cabe duda.
—Rosa.
—Fue.
—Rosa es, el ruborizador seleccionado sobre sus mejillas.
—Y la sonrisa artificial en...
—Cara pálida y redonda.
—De rasgos toscos (como la luna).
—Plana e impertinente dentro de mi sueño.
—Y el gesto de su desprecio.
—Rasgos de virgen medieval.
—Kranach.
—Rasgos de la mujer exactamente opuesta a lo que representa.
—Lo que suprime.
—Lo que se evita en el pensamiento.
—Facciones glaciales por su coraje.
—Pero sensuales.
—Como sus labios.

—Anaranjados.
—O chabacano.
—Almíbar en su saliva.
—Y su cabello en combinación y entretejido.
—A veces en una cola...
—Sobre otra cola, esta vez de su capa.
—Que le sostienen las niñas menores y novicias, como símbolo de apoyo a su majestad dentro de las víctimas del día.
—Que le detienen y levantan –¡ay, bájenla!– mientras ella y al desfilar, agita a más no poder el abanico de su mano para responder a los gritos de entusiasmo, o cuando ella misma y de manera transitoria, se detiene a mirar hacia los lados del corredor correspondiendo con una sonrisa a sus admiradores de siempre.
—Que le pisan –¡perdón!– de manera accidental, durante su recorrido litúrgico por aquel existencial vacío durante la demostración de su cuerpo.
—Capa que pisada se queda en el suelo.
—¡Ay miren!
—¡Qué hermosas espaldas!
—El satín se queda rendido en el suelo ante la verdad.
—Desnuda.
—Abandonando a la mujer a su propio destino.
—Y ya solamente protegida por su propio carácter, y la cola de caballo en su pelo, peinado por la domadora de manera especial.
—Aunque a veces rizos de oro como cuando en el pasado, su madre solía arreglarla para las fiestas infantiles.
—Caireles que la circundan.
—Sus bucles, chinos, chapas, laca, y la diamantina colocada sobre los párpados.
—¿A ver?
—¡Ayyy!

—Boca que se resiste.
—Roja.
—Grito que la defiende.
—Hosco.
—Suspiro cuando claudique.
—Gris.
—Pues en verdad le digo que hoy mismo entrará en contacto con mi persona.
—¡Ay por favor! —dice la ofrenda.
—Bella por doquier —dice una admiradora.
—Como en los cuentos...
—Rojos.
—¿Y los ojos?
—Como de lince.
—¿Y su carácter?
—Como de gato, un poco más grande que el de sus ojos.
—Se chupa el dedo.
—Y hace pucheros enfrente del tocador.
—¡Se le hacen hoyitos en los cachetes!
—¡Miren!
—¡Miren!
—¡Ah qué linda!
—¡Yaaa!
—Que furibunda.
—Grita.
—Muerde.
—Se remueve y hasta patea cuando alguien la detiene.
—No más es el tocarla, la hembra que la sustenta estalla en bravío.
—Atrás, atrás, para admirarla. ¡No la toquen por un segundo!
—Mírenla.

Y sigan leyendo.

—Hembra felina.
—Frota su lomo contra las piernas de su guía.
—Es su piel (sin nada), en contacto con las medias de la señora Leonor —mi socia actual en su adiestramiento y mi novela.
—Es la frivolidad de su cuerpo que hoy es de mi propiedad (mío) y mañana de quien la tome a cuenta de otra aventura.
—Cuentan que es una bruja.
—Una mujer relativamente incómoda para el amor, en sus versiones oficialmente desautorizadas.
—Un amor inaccesible por su carácter.
—Una señorita con tendencia hacia la histeria.
—Una cara de niña en un cuerpo ya de mujer.

Una ramera su persona, aún desde el momento en que aún no sabía hablar.

—¡Pero qué hermosura!
—¡Y ese vigor!
—¿Y para qué?
—Ese coraje.
—Esas líneas azules (azul y verde) que el pincel ha definido sobre sus ojos de gitana.
—A ver, enséñamelos Teresa.
—¡Ay! —ruborizada (de a mentiras).
—Ese color que define a sus opiniones.
—Ese genio.
—Esa naturaleza de la bestia.

—Ese impulso que habría de claudicar más tarde al arrodillarse frente a nosotras y esperar de esa forma a su dueño.
—Ese gesto que un paño de seda nos esconde.
—¿Y qué pasó luego?
—Se divertía.
—Oronda se pavoneaba entre sus amigas (desnuda como se ha dicho).
—Y en eso le cambió el carácter con el aire (sobre su piel).
—Y se enfadó.
—Y resoplaba.
—Y hasta un temblor la invadió por todo su cuerpo.
—De coraje.
—Y prometió resistir a las tentaciones.
—Y los avisos.
—Y las órdenes del cielo.
—Sin embargo y a la larga se sometió.
—Izó bandera blanca.
—Sus calzoncillos.
—¿Sus calzones?
—¿También en esta versión?
—Son el corazón de la leyenda.
—El meollo de cualquier obsesión.
—Y la leyenda de cualquier mito femenino.
—Pero...
—Shhh, no ves que se los están quitando —ella coopera.
—Pero...
—¿No ves que ya están fuera?
—Allí, allí, sobre las nubes, como una de ellas.
—Ahora el viento es quien los acaricia.
—Ahora al cielo suben; hace rato de mi concubina y en su lugar primigenio.

—Ahora asuntos metafísicos.
—Flotando en frente de su rendición.
—Anunciando la primera capitulación de María Teresa.
—Volando sobre el firmamento, un cielo encapotado que anuncia la tormenta.
—Flotando ante nuestra vista.
—En manos de muchas —¿quiénes?— ¡todas!, y hasta quien sabe cuando, dentro de la naturaleza propia de este ritual.
—Sus calzoncillos como bandera que selle nuestra alianza.
—¿En serio? ¡Qué obsceno!
—¿Para qué acudir a otra especie de estandarte?
—En fin, se dejó desnudar y colocar el maquillaje como todas las demás; mientras su domadora la desvestía la ofrenda de la estación —casi adolescente— se mordía las labios de rabia, pero no tenía otra opción; tuvo que aceptar el papel que le corresponde y tomar el rol de una modelo desnuda —¡acuéstenla bien y que deje de moverse!—.
—¿Alguien se acuerda de la profecía?
—¡Sí!
—¡Sí!
—¡Yo!, ¡yo!, ¡yo! —todas.
—"Por aquel tiempo cederá su anatomía en favor de su gente y aceptará el reto de la misión..."
—Que se le impone.
—Se le indica.
—Y donde por azar la seleccionan.
—¿O es el nacer ofrenda el destino premeditado de las queridas?
—Una manceba de desecho.
—Una amargura que se diluye —en los suspiros que no contiene.
—Un llanto que se detiene.
—Un vaticinio que se repite.

—Un deseo natural que se domestica y domina.
—Un talismán de entre todas mis preferencias.
—Una reliquia con pudor entre tus perversiones.
—Un gusto viciosos por la textura de sus prendas interiores.
—Alegoría de lo que viste.
—Irónica manera de retenerla.
—Metonimia del apetito.
—Personalidad que se disipa.
—Y juega al viento en pos de sus propias pantaletas (que se le escapan) y en la fuga de su sitio la delatan –¡ayyy!–.
—Y fuga al silencio de mi diseño (en vías a deshacerse).
—¿Lo ven?
—¿La ven?
—Eso que aparece en su rendición.
—Je, je.
—Una tendencia del varón aquel Ricardo a escoger mujeres ligeramente adiposas en sus contornos y flatulentas en su modo de estar; llenitas, curvadas, siluetas en entredicho, bajitas en estatura –algunas– chaparras, maduras o adolescentes –en los extremos de las edades– con las nalgas al descubierto (casi desde el comienzo de su ritual, aunque en intermitencia) y su busto –¡Dios mío!– perfectamente formado y exuberante bajo el engaño transitorio de un *brassière* en satén azul y marfil.
—Mua –en dicho sitio y para contentarla (complacerla) o detener a los gemelos.
—¿Saludarla?
—Saludarlos.
—Pechos descubiertos.
—Una serenata frente a dos pezones.
—Pedirles que se despierten.
—Cante jondo en honor de las dos formas dormidas.

—Inútil en su situación.
—¿En su posición?
—¿En qué otra forma, luz o modo, quieres que exponga de mejor manera sus atributos?
—Quizás de lado...
—De frente, de hinojos, sentada, doblada, agachada o de bruces o...
—Como patito.
—¿Cómo es eso?
—Se describirá.
—A ver
—Entallada, entallada del vestido como también lo estuvo durante el baile previo a nuestro matrimonio. El énfasis está en el fajín plisado. El escote cuadrado deja al descubierto el cuello y los hombros. El pelo recogido unos momentos —para un cuadro del mismo autor—; el cabello formando un moño sobre la nuca y a semejanza de esas aves que proceden desde la China; el moño o cola del ave libera a la prometida del compromiso y tener que arriesgarse con un sombrero que no le quede. La espalda cierra con una hilera de botones forrados de metal. Se debe llevar con guantes largos y en malva que imparten un toque de elegancia al conjunto —que ha de perder a mi petición. Las condiciones y brevedad de la talla de la falda la obligan a dar pasos muy cortos, paso a pasito como en la canción —tonada— y enfatizando el movimiento de las caderas como en las aves durante su celo.
—Tengo entendido que el escote es muy amplio.
—Por adelante, hasta el límite preciso —del broche que le colgaba—; por atrás hasta el comienzo de sus piernas.
—¡No es cierto!
—Lo es. Lo fue en aquel recorrido —escoltada por las muchachas— que en estos momentos está por terminar al llegar al salón de juegos.
—Ahí vienen.
—Ahí viene.

–Véanla.
–Su perfil.
–Sus dotes.
–Pistas.
–Un mapa de sus misterios.
–Un lienzo de su candor.
–Un olor como cuando recién salió la hembra del sueño dentro de su jaula, apenas hoy en la mañana.
–El recorrido por sus santuarios.
–La procesión por los corredores.
–De sus brazos colgadas dos pulseras.
–De su celebridad –que va creando y deja a la vereda del camino– al mismo tiempo –con su divina presencia– enganchadas las damas de sociedad, sus amistades, testigos, hadas, esperanzas, visitantes, obsesiones y novicias que intentan aprovecharla en toda su plenitud.
–El mito del eterno retorno.
–Siempre es lo mismo en una casa de lenocinio.
–Siempre lo mismo cuando me excito.
–Mua –para enamorarla.
–Difícil mientras irritada se mantenga.
–Otro verso para su pena.
–Un comentario sobre sus piernas (a punto de en compás extenderse).
–Una caricia sobre la ropa que ha perdido por un albur.
–Abandonada por sus prendas.
–Interesada en lo que le muestran.
–Un pesario.
–Doce centímetros de lujo.
–Y vanidad.
–¿Un cigarrillo?
–Un calmante.

—Un suave masaje de mis dos manos sobre su pecho (sin crema).
—Frente al espejo y su vigilancia.
—Frente a nosotros mismo que como imagen la conquistamos.

De esa manera se podrá medir a cada instante los efectos de la maniobra.

—¡Ahhhh! —se defenderá.
—A la larga se verá traicionada por las zonas independientes de su persona.
—Muac llamada.
—Pufff.
—Mua.
—¡Fenomenal! ¿Cómo le hiciste?
—Que se repita.
—Sí, que alguien nos cuente otra vez el origen de la leyenda —dicen las niñas.
—Sí, sí —insisten.
—De acuerdo, pero sentadas.
—Y no molesten con el ruido a la señorita cuya aventura habremos de repetir.
—Shhh.
—Silencio y escuchen.
—Érase una vez una princesa....
—¡Shhhhh! ¡Que te calles y escuches a la maestra y sus asistentes!
—Fíjense bien: Todo comenzó en aquel momento, al la mujer alzarle la voz a la ofrenda que tiene enfrente de vosotras: "¡María Teresa!", le dijo.
—¡Teresa!
—¿Quééééé?
—¡Silencio!

—Todo comenzó aquella tarde en el salón de las novicias cuando ya irritada por un asunto foráneo llegó su domadora.
—Sí, yo estaba ahí.
—Yo también.
—¿Y que hacía Teresa (y su cuerpo) a esas horas con las muchachas?
—Arengaba.
—Estaba la mujer que echaba lumbre.
—Hecha un basilisco ella entera.
—Y la reprende la institutriz.
—Y que le contesta María Teresa.
—Orgullosa.
—Soberbia.
—Altiva.
—Con brío.
—Contesta altisonante en su atrevimiento.
—¿La incitaron sus feligreses, las admiradoras de sus dones?
—¿Fue acaso el estímulo propio de sus fieles compañeras?
—El hecho es que se hicieron de palabras.
—Se enfrentaron una a otra.
—Paso a paso, girando ciento ochenta grados.
—Haciendo un círculo de sus pasos.
—Formando una estrella con sus pisadas —atrás, adelante, derecha, atrás....
—Se miraron como solamente de mujer a mujer pueden atreverse.
—¡Acuéstate!
—¿Qué?
—Te digo que te acuestes.
—...
—Sobre la cama.
—...
—¡Que te acuestes, Teresa!

Se llena la sala de silencio, la violencia flota en el ambiente como se ha dicho.

—Y suponemos que la domadora vestía el mismo diseño de hace rato.
—No, no, otro.
—¿Otro?
—Inicialmente se pensó para la ocasión en un modelo de *Godellia*, formado por un top de escote redondo, chaqueta transparente con amplias solapas, mangas abullonadas y la falda plegada con diferentes capas. El ramo había sido confeccionado por René y Louis firmó los pendientes.
—Pero...
—Sin embargo, viéndola y pensando —y sobre todo sintiendo—, volviéndolo a pensar y como dice el manual, dándole tiempo al tiempo en cualquier negocio relacionado con una mujer, se concluyó que luciría demasiado serio junto al inocente desnudo —todavía con rasgos infantiles y a pesar de la ira— de María Teresa.
—¿Entonces qué?
—Se trajo un modelo de la temporada pasada.
—¿Cuál?
—*Gevreniche*.
—A ver.
—Miren. Es un traje de noche compuesto de cuerpo en guipur, con mangas japonesas, muy cortas, y falda de raso realzada por una larga cola. La cinturilla está adornada con pequeñas lorzas, confeccionadas también en raso. Los pendientes de Adrián ponen discretamente la nota al conjunto y evitan por un lado los excesos de la vanidad de la ofrenda al evitar —con su luz reflejada— que la totalidad de las miradas descansen sobre ella, en sus paños menores y a punto de ceder.
—¿Qué más le faltaba para estar totalmente perdida?
—Ceder las pantaletas.
—¡Ay pobrecita!

—Que linda.
—Y hermosa.
—En contraste con la señora Leonor, que con las facciones propias de quien en disciplina vive y domina, se paró enfrente de la modelo clavándole la mirada.
—Que elegante.
—Que altiva.
—Y con mirada de fuego.
—Y tan finamente vestida.
—En cambio la Teresa...
—¿Seguía semidesnuda como en la otra escena?
—Enfrente de ella con puros calzoncillos.
—¡Ay por favor!
—¡No! ¿De veras?
—¡Sí!
—¿Sí?
—Sí, sí, si fui yo quien después se los recogí.
—¿Dónde?
—¿Cuándo?
—Pasado el altercado; véanlos.
—Entonces hubo lío.
—¿Hubo conflicto?
—Lo hubo y en grande, y a río revuelto... todo mundo colocó las manos sobre la mujer.
—Yo fui parte de la conquista.
—Yo también; acudí a sus piernas y ayudé a detenerla.
—A mí me tocó enfrente, con áreas más difíciles de nombrar.
—Y el compromiso de su tacto.
—Y la frescura de su parte.
—Lo espontáneo de su revuelta.

Acudieron seis celadoras y que la maniatan de los brazos, piernas, cola de caballo —que se deshacía entre sus gritos— así como una séptima y más joven, morena, joven y muy delgada, que era quien dirigía las maniobras sobre mi muchacha. La levantaron entonces en vilo dispuestas a acostarla.

–Pufff.
–¡Ya!
–¡Ay!
–¡Que ya!
–Véanla.
–Tócala.
–Siente la temperatura propia de su gran emoción.
–¡Ay!
–¡Cuidado!
–La inmovilizan —se describe.
–¿Se despeinó?
–Su rostro se puso lívido.
–¡Ay pobre muchacha!
–Un grito más y se le amenaza con la mordaza.
–Reduce su resistencia.
–Parcialmente, pues con sus caderas y muslos aún sigue luchando hasta el final.
–¿El final de qué?
–¡Shhhh!
–Y por fin, que la someten.
–Y que la depositan sobre mi lecho.
–Pufff.
–Por fin se rinde.

Suspirando ve como la inclinan sobre la cama; la detienen, la sostienen y la asisten; dudan, y en un instante un último destello de rebeldía aparece sobre sus facciones.

—¡Quieta!

Las niñas se asoman más de cerca y sugieren que se profundice en los detalles del sometimiento.

—Lo de siempre sólo que con el pelo teñido de colorado.

Primero coloca las rodillas en el cojín (especial) y así, sostenida por una par de brazos, cada uno en sus axilas, la ayudan a empinarse.

—La acomodan.
—El reclinatorio la espera.
—El instrumento exige a su cosecha.
—Una víctima.
—Y una posición... ante la vida.
—Vienen las instrucciones.
—Más abajo (los codos).
—Más arriba (las nalgas).
—Más abiertas (las piernas).
—Parejita, como en una tijera.

"¡Qué oso!": su segunda expresión al verse así ya punto de perder.

—Así.

En una versión hija de la original sólo la acuestan en el piso.

—Mordiéndose los labios y bajo el influjo de tantos brazos, la ofrenda se ha colocado como indican las instrucciones, mientras esconde una amenaza de llanto frustrado entre los residuos de su disfraz.
—Que en eso quedó.
—Se le consuela.
—Mua.
—Muuuuuuua.
—Controlando la rabia y mientras le limpian las lágrimas, espera la señal para que la utilicen.

Ahora es mi turno en la ceremonia. ¿Quién me da entrada?

—¡Ayyyyyyy! —llora la ofrenda.
—¡Ay! —la acompañan en su pasión.
—Alguien le limpia las lágrimas con un lienzo.
—Alguien la seduce en su vanidad.
—Alguien la anima con un poco más de maquillaje sobre las zonas susceptibles de su intimidad.
—Se le barnizan las uñas de los pies —turquesa.

Hay quien en esos momentos y aprovechando la confusión de la mujercita, la pinta, la esculpe, y la convierte en sujeto de su inspiración.

—Alguien imprudente —¡otra vez!— le declara su cariño en ese instante.
—Alguien un beso detrás de las oreja le deposita.
—Alguien inconciente le roba los zapatos.
—Se le retiran las arracadas.
—Se le pone un mayor énfasis a la sombra color lila sobre las cejas.
—Y más perfume.
—Aquí y allá.

—Más.
—¿Dónde?
—Acá.
—¡Ay!
—Se cercioran de las consecuencias de las fragancias.
—Se le separan más las piernas.
—Se le pintan las uñas; esta vez las de las manos.
—Se le cubre por completo de aceite de alcanfor.
—Brillante.
—Un óleo en carne para admirarse.
—Se le repite el masaje, esta vez sobre los lomos y como en todas las versiones.
—Me monto.
—¿Qué?

Hasta aquí la historia y pasemos a los eventos de la realidad.

—Se le pide a las niñas madurez y silencio, ante lo que con María Teresa ven y van en seguida a observar; al prometido, por su parte, se le indica que vaya describiendo paso a paso lo que se dispone a hacer sobre su presa.
—Me monto —les comento.
—Se deja, es la opinión de las espectadoras.
—Así, así —mis piernas abrazan sus caderas.
—Ya ni relincha.
—Ya ni se mueve.
—Salvó a las demás, pero...

Me inclino sobre su rostro aún cubierto entre sus brazos y la protección de una de las alumnas mayorcitas.

—Vean, la huele.

　　Pido permiso para empezar.

—No contesta.
—La domadora le exige que le responda.

　　Yo mejor me callo y me evito problemas ajenos a mi persona.

—No se ha domesticado por completo.

　　Siento el temblor —y vibrar— de su espalda sobre mi abrazo, y entre mis muslos.

—¡Teresa, responde!
—¿Y ahora?
—La cubre con un abrazo desde sus espaldas.

　　Alcanzo los senos y los exprimo.

—La conductora coloca una línea más de pintura sobre los labios de la dama.
—Alguien caritativo le coloca de nuevo sus tacones —está lista.
—¡Ayyyy!

　　Escucho salir con dificultad la autorización en un suspiro.

—Tercera llamada.

　　Comenzamos.

CANTICUM VIII

Mirabile visu (ekphrasis)

n algún momento de la festividad, habiendo finalizado la ceremonia del adiós así como el juego al azar de la mujer en una partida de cartas; en ese instante cuando ya el desfile en vivo y al desnudo de la señorita es más un hecho que simple promesa de libro, o las exhibiciones semiprivadas en honor de los creadores se han ido transformando, desde escenarios académicos y distantes con predominio del dibujo, hasta escenas livianas alternas y disfrazados intentos por conquistar a la dama —con la simple mirada—, o cuando un poco después de haberla por primera vez cargado —en brazos y bajo la responsabilidad de otra señora— desde la salida del cuarto número tres de la absurda secuencia —todavía con aretes— hasta la antesala privada de su particular tocador —conservando sólo los zapatos—, cuando entonces y por magia o accidente el aroma regado inconscientemente por tal señorita —objeto y pretexto de la marcha—, cuando dicho olor ha comenzado a producir sus efectos específicos sobre el corazón masculino, cuando esa misma fragancia ha despertado del marasmo emotivo a la pagana imaginación de las masas anónimas; es entonces, en dicha etapa, ya hacia la conclusión de la dura jornada del día del amor, hacia el final de un capítulo aún pendiente de concretar en estilo y de acuerdo a toda la obra; es allí mismo y sabiendo que la mujer en ofrenda requerirá de los beneficios de la inspiración artística sobre la piel que ya parcialmente nos exhibe, es entonces y durante el paréntesis establecido con el objeto de que la mujer ofrenda pueda ser iluminada, que la gente del auditorio se relaja por un momento de tanta pasión, y en un intervalo marcado en voz alta por la corifea –cercano a los tres horas y media– ellas, las viandas de mis aficiones, toman un reposo al aire libre y fuera del recinto, antes de regresar otra vez hasta esta capilla, esa misma noche y al lado del altar, para la culminación tan emocionante del ritual diseñado durante mis desvelos.

En todas las ocasiones había yo acudido en este momento, como hoy lo hago, al santuario particular de las ofrendas –en el ala de los privados (hogar de su maquillaje)– y con la melancolía propia de quien ha negociado el abandonar un viejo esquema del romance por un idilio animal o pagano más directo, mecánico y alternativamente paralelo a aquellas partes más nobles de la anatomía femenina, con una agitación en mi pecho comparable a la del la primera vez –frente a mi hetera alter illa ancestro femenina, de niño– con una inspiración mas afín al espíritu de un poeta que de un gigoló de tiempo completo –así como con una erección sorpresivamente incontrolable ante el lugar que pisaba–; con todo eso y un criterio objetivo que sólo da la literatura después de varios años de fracasos; con todo eso, una sonrisa y una ramo de claveles –para distraer a las agraciadas de mis viscerales intenciones– estuve ahí siempre –tras bambalinas y rodeado de pigmentos y sus pieles, pinceles y su lencería– visitando a las ahora ya meros objetos-personajes, que en ese momento eran objeto de nueva logística en su maquillaje.

Acudí ahí, siempre, puntualmente y de manera litúrgica, para saludarlas –y admirarlas, adorarlas y verlas ser iluminadas de arriba a abajo– para acompañarlas en esos últimos minutos durante los cuidados finales de su anatomía –responsabilidad tomada por las domadoras–, del tratamiento sobre su color, decoro, estilo, forma y maquillaje –autoría surgida de mi impulso–, de su espíritu y la forma –ilusión atribuida a un sueño mío– con el casi único objeto y especifico de gustar, lucir, exponer y ser algo bello para conquistar las memorias; y por supuesto, lo elemental en este rito: excitar debidamente al mayor número de aficionados afiliados que sólo participaban con la vista y su imaginación primitiva en aquel acto de amor actualmente en controversia por sus flagrantes excesos; así como, por último, satisfacer enteramente al nuevo paladín de las hazañas a quién por suerte y en base al destino dictado por un juego de cartas, les tocaría a ellas someterse como a su antojos, aunque no antes del capítulo final de mi prosa progresivamente convertida en un poema.

Instantes fugaces fueron aquellos pero que hoy me parecen largos, muy largos, prolongados, casi eternos –como el arte– y ciertamente así debieron serlo y sentirlo esas mujeres –para entonces y en aquel lugar ya semicondenadas y sin libertad–; castas aún –de alguna parte, secreto o región anatómica–, cautivas y cautivadoras, tiernas, frescas, sensuales, fulgurantes y domesticadas; mujeres todas destinadas inexorablemente a desaparecer como personajes entre los cuadors –al óleo– y el color, entre anhelos y apetitos, entre los juegos de luz y sombras, entre el sentimiento genuino e inesperado propio de una ramera, y la viva pasión espontánea propia de su nuevo rol protagónico como objetos de lujo.

Caminado estoy de nuevo, hoy como ayer, por los pasillos y en su búsqueda perpetua, entre biombos, malezas, plumas y ocurrencias, entre domadoras, ninfas (actualizadas), flores, leyendas, susurros y coqueteos; caminando sigo, haciendo memoria de aquella primera dama vestida –y desvestida– de azul –responsable de mis desviaciones cuando niño. De esa manera y acariciándome el órgano motivo sentimental de aquel recuerdo de hace varios años, evoco mi juventud, además de sus siluetas, mi enjundia, pasión, así como aquella primera vez en que fui sujeto de su impronta al verla acostada en el altar principal.

Hoy de nuevo, y con la eterna esperanza de disfrutar a la que de entre siete semejantes en su género me preparan, camino atravesando el pasillo, entre esto y aquello... dimes y diretes, orientando mis pasos hacia el vestidor femenino.

Durante el camino y en las dos habitaciones previas a su tocador, y con más sentido estético que propio entusiasmo, recorro con la vista y mi inspiración literaria, las sensuales formas de aquello femenino hasta hoy sutilmente apartado del público y su ferocidad: mallas oscuras y lápiz labial, listones para fabricar una protección y confundir las manifestaciones consecuentes de la hermosura —en sus piernas—; tocados que cubren la cabeza de la ofrenda y coronan la imaginación de quien de manera indigna las sueña: a ellas —por ellas— ya desnudas y de rodillas agradeciendo la autoridad —a veces majestad— de aquellas otras mujeres, grupos y alternativas indescifrables aunque femeninas: aquí una mente de artista en ociosidad, allá las arpías que merodean captando el espíritu femenino que se celebra y por el que el público se reúne a las orillas del corredor; testigos compañía sumados como corifeas, en fin, también adolescentes, en busca perpetua de la amistad o la educación necesaria para aprender como ser, verse y aparecer, brillar más adelante con luz propia y ante las miradas, que hoy sobre la ofrenda mayor, mi prometida, culminan un nuevo ciclo del calendario ritual.

Descubro así, tras bambalinas, entre plumajes y vanidad, humo, piel, risas, y la sutil melodía de los vinos espumosos con que se brinda por ellas, las huellas y perfumes de aquellas preciosas joyas señoritas, durante este momento memento —morí— cuando en silencio y entre satín y sacrilegios, tristes, bellas y sentadas, posan su organismo como exquisito sustento para la creadoras de sus futuros encantos diseñados para mi literatura, y los personajes que de ellas planteo rivalizarán con las náyades que alguna vez soñó Praxisteles.

Las encuentro allí, sentadas, desnudas, se repite —¿por qué será?, ¿por qué se escribirá de manera automática?—. Ellas pasivas sometidas por ellas activas y que al ideal femenino se ha consagrado, y que con admiración las rodean; ellas primeras saliendo de joyeros y cofres de tesoros, hermosas, altivas, soberbias o humilladas, disponibles a mi particular estilística, y en este momento —si se les pregunta— listas y preparadas mentalmente para el maquillaje, así como a los caprichos de quiénes inspiradas por lo que ellas emanan —y ofrecen a la vista— habrá de decorarlas para la buena evolución y final feliz en el éxito del amor que exige ser escrito.

Sigo mi ruta hacia el horizonte marcado como femenino, alumbro mi paso con la luz de mi curiosidad y un espíritu más oriental que reflexivo; observo, frente a mí y a cada lado, puertas que se abren y se cierran, el ir y venir de las ayudantes, la recurrencia de la hermosura ante su misión o cruzada, la generación de una obra sobre una obra maestra, combinaciones de tonos en cómplice juego y conciliábulo con la carne lozana; distingo en su siluetas y a lo lejos a quiénes inexplicablemente —¿o a la fuerza?— se ofrecen para lo que más tarde y con un realismo no lejano al de los clásicos, describiré en varios capítulos y desde diferentes puntos de vista; las veo apenas y sorprendidas, con sus desdenes y altivas facciones, temores y titubeos, pasiones y evocaciones acaso, de algún tiempo pasado y más seguro dentro de un cristal de fantasía —en medio de sus jaulas— o quizás, todavía más atrás, en su vida y en el romance equivocado, dentro de la tranquilidad de un pacto convencional por definición: hoy mero recuerdo de quiénes elegidas para el fervor de un maniático del arte y las mujeres, se añaden a la colección para ser objetos de culto y sacrificio en mi ritual.

Me apuro: la culminación es inminente. En una tarjeta escribo un epigrama —con la izquierda—, firmo la dedicatoria: "con amor", y fijándola a la cola de las flores para mi amada, atravieso el umbral del penúltimo cuarto para llegar a las damas de mi inspiración.

Todo es prisa, ruido y movimiento en ese lugar, donde, dentro de unos minutos y con la compostura guardada, las ofrendas ya desnudas y obligadas a moverse lo menos posible, serán preparadas en la definitiva versión de la hermosura de sus elementos, estudiada previamente y bajo diseño por sus dueñas. Es entonces y frente a mi visita que surgen de los cajones y de entre las vitrinas aquellos polvos, pinturas, cremas, ungüentos, aceites, afrodisiacos y sedantes para mantener el carácter en nivel –de las damas–, y las ganas sobre un pretexto –de quien me espera–, al momento de consumir lo que se ha inventado bajo mi inspiración; más adelante y apunto de alcanzar el área de sus recintos privados, donde se las ilumina como a diosas, encuentro, al escuchar en susurros y habituales comentarios de las asistentes, evidencias indirectas del estado de su ánimo y de como, ayer por la mañana, llegaron vestidas las damas a este santuario que habrá de inmortalizarlas para siempre.

Camino y husmeo, siento a esa luna –también en su periodo– que me avisa; recorro y recuerdo a la niña de ayer, hoy mi bocado, evoco y disfruto, alcanzo –con suerte– el vestidor de las señoras donde por obra y arte de la imaginación –femenina y propia de quiénes las conducen–, un milagro habrá de generarse durante su arreglo facial para el ritual y desenlace.

Abriendo la puerta de los recuerdos –¡ay!, ¡*hello*!– me dirijo a despedir, de todas ellas, a quien dócil amante fue de su ahora deidad abandonada –y hoy es y seguirá siéndolo bajo mi propiedad y dentro de la leyenda.

Habré, ya dentro del cuarto y frente a ella, señalarle el motivo de mi visita, suspirar en su cara mi propuesta para usarla como personaje de lo que estoy escribiendo y susurrarle al oído que la acompaño en empatía por su condición, en su viacrucis, en su pasión –bien merecida–, en su final, en la soledad que le fue otorgada algunos meses antes, durante el periodo de reflexión final sobre ella misma; ella, a quien todavía en su imagen como señora de vida privada, alejada del arte y la perversidad que van de la mano, se le había reconocido como la preferida, y se le eligió más tarde definitivamente como nuestra presa.

Aquí, adentro de los tocadores y frente a la tentación subaguda de la vanidad, el mundo se percibe diferente y solamente se escucha el silencio interrumpido, de vez en cuando, por las caricias que cada domadora administra generosamente sobre su ofrenda en particular −una por cada ritual que se consume, siete para cada día de la semana hasta la llegada del siguiente capítulo e invierno. Es aquí, junto al ajuar y su agonía, el ramo y las semillas, en el desdén de su hermosura logra de mis letras y de mis propios instintos; está aquí el adiós a su pasado y frente al espejo, que su domadora me la enseña, a ella la que se eligió, mucho más bella y delgada que en la realidad donde la voy a disfrutar; es aquí, donde el tiempo y propósito convergen, y cuatro años de imaginaciones como artista, se convierten en las paredes de una habitación −semioscura y con un párrafo fresco inmortal por cada lado−, de los muros que limitan al espacio y volúmenes de mi libro y fantasía; es aquí donde ella, imitando perfectamente las varias versiones de una misma mujer que se me aparece entre los rasgos de la pintura, inicia las tareas propias de una deidad adorada por los hombres; es aquí, en fin, en este privado donde flota la magia, que he venido a ver iluminar a mi pareja de acuerdo a la inspiración de sus compañeras de género.

Del perfume ya se habló en algún otro momento de esta comedia; el ambiente es, por otro lado, el de un cuarto en la penumbra, un estudio en semioscuridad y con una cama, un lienzo, un soplo, una modelo y sus varias interpretaciones ante el pincel −apenas entre las sombras−; es un cuarto, amplio y tibio −entre biombos y bastidores, faroles rojos e inquietudes decorativas−, es una habitación con el misterio propio y semejante, al de los antiguos talleres de los maestros, aquellas sitios, ya ahora en desuso, donde la imaginación estallaba por liberarse de lo humano −y de la ropa− para en un atrevimiento perdurar entre lo común; uno de aquellos salones durante el Renacimiento −de nuestra especie moderna−, donde se labraba la forma natural de los rituales que actualmente vivimos, donde se comunicaba el artista con la mujer y lo divino −de su encanto− e inclusive la religión se renovaba en su traducción, o el cuerpo humano y femenino retornaba −una vez más− hacia antiguas costumbres salvajes y paganas.

Ocurre la trama, las líneas y colores, en una habitación casi vacía si no por los colores y la mujer —vigilada a su vez por una dama quien la pinta, dibuja e imagina en su maquillaje—; la media luz entre la penumbra, el tocador para arreglarla a nuestro placer y enfrentarla con su conciencia entre los focos del espejo que permanentemente la deslumbran; es una isla, es una pausa, es un cascaron de hielo del que se aparece, apenas con el brillo y figura de una modelo quien la habita y con su presencia —y en ausencia de quien la cubra o me la engalane—; es un rincón, es un refugio para las artes, es el sitio de su *toilette* y los accesorios, es una antesala, en fin, de aquella otra habitación al otro extremo del corredor —atravesando la fuente— convertida desde ayer en auditorio, y donde sobre la superficie que prepararon, y entre candelabros y reverencias (gritos de la muchedumbre), colores de serpentinas y música de tonos militares y en alientos, se ha de colocar (inclinada) a mi futura concubina para consumar lo prometido delante de su domadora.

¡Adiós, *adieu*!: Aquí, ya que es el lugar pertinente para despedirse al mismo tiempo que para reflexionar sobre la señorita en mis gozos; es el sitio del advenimiento donde se piensa lo que es inevitable —para ella—, donde aparecerá, poco a poco y junto a su aroma —se insiste—, la preocupación de la dama por su difícil misión y destino, la actividad —que acción— de lo que luce y de ella se escribe y se describe, y sobre lo que ha de ceder, la mortificación sobre lo que ofrece, entrega, y algún personaje con suerte dentro de la literatura, dispondrá dentro de algunos capítulos en estrecha complicidad con su actual conductora.

Es aquí, en silencio y al lado de la mujer que a algún semental prometieron y han seleccionado durante el juego con los naipes —y por azar entre doscientas—, que veo por primera vez su rostro en original antes de la colocación de la pintura —se rumora que aún era una virgen al momento inicial de plasmarla sobre la tela. Asimismo, es hasta aquí —dentro del cuarto y el cuadro— que contemplo su forma sincera y completa, sin ningún pretexto de ruidos, niñas, agua, flores, o su vestido de novia diseñado para el desfile del capítulo pasado —censurado por mi suconsciente—; es aquí donde la disfruto, sin que las ocurrencias del mundo y su vida privada la distraigan de mi admiración por sus gracias anatómicas; es aquí donde la evalúo, como la forma que siempre debió haber sido desde sus inicios en la jaula y el comienzo de su leyenda viviente; es en este cuarto y junto a sus imágenes en las cuatro paredes —abrazándome—, donde deduzco y advierto el nacimiento de una nueva manera de interpretar los signos de la creación, y las consecuencias estéticas y más tarde metafísicas, en su postura: una nueva ramera a la que proponer matrimonio; es también mi breve contribución a lo que usted está leyendo, lujuria y ejemplos atractivos que insisto y le sugiero a quiénes la preparan en cuergo —seguro— y alma —por si las dudas—, para lo que una mujer sagrada deberá convertirse —y posar—, enseñar y anunciar a los cuatro vientos, para beneficio de quiénes la piden y en su figura profesan algún tipo de emoción; es aquí donde miro hacia los lados, donde entre ninfas, nereidas, esfinges y ojos aislados —llenos de curiosidad—, entre las risas argentinas de unas hadas y personajes infantiles de la realidad —ya de regreso—, acompañan y me presentan —entre hojas de parras, exclamaciones de sorpresa y vuelos de palomas— cada forma, tiempo, ocasión y gusto, que por dicha doncella he elaborado, desde que se la sacó de la vitrina hacia su destino dentro de mi expresión.

   Las medias de seda sobre la silla y en mi mente la forma que habrá adoptado la diva al quitárselas; en mi memoria inmediata cada una de las prendas que como en procesión a un santuario enfilaron sus destinos fuera del cuerpo de la dama. En mi mente las medias llegan a mis labios, y en mis cálculos mentales las medidas de ese cascarón de las ideas en que apareció ayer como un conejo hembra y como regalo, y que —¡oh sorpresa!— son justamente las adecuadas para dar cabida a la fantasía y cubrirla con los espejos de las cuatro paredes de su *boudoir*. Sus atributos surgen a cada insinuación, con cualquier adjetivo, a cada impulso, organizando la oración con la provocación de los instintos, el significado de las estrofas, o en cualquier línea de su silueta desnuda al alcance de los pinceles de sus hadas madrinas; son sus formas todas que se reflejan, perfiles que salen a mi paso enseñándome su carisma y lo que es capaz de generar una pareja de mujeres enamoradas –una seria e inspirada en el instante de decorar a mi dama, el rostro de la otra en el óleo– que con desdén voltea y hace todo lo humanamente posible por ignorar a la artista.

Pasemos al cuerpo una vez que la pintura o el perfume, las voces de precaución –por lo que suceda– y mis alabanzas sobre las dotes de las mujeres han hecho ya su efecto sobre quien me corresponde. Pasemos a lo que se ha de pronunciar en voz alta sobre la forma y las apariencias, la curva y el movimiento, la presencia así como la actitud que habrá de tomar ante la vida. Pasemos a la manera en que ya desnuda y sin el consuelo –de la institutriz– se me presenta dibujada de acuerdo a la inspiración femenina propia de su domadora; pasemos al estilo –y sus hijos los detalles– en que a la mujer se le encomendó que se presentara para posar.

Basados en el cuerpo humano y sus proporciones naturales, en la esencia del predicado femenino y sus accidentes por extensión, los antiguos habitantes –y soñadores anacoretas– establecieron –para la luna y sus descendientes humanizadas– las siguientes indicaciones –y posiciones– que algún día como hoy, habrían de plasmarse en colores sobre estas cuatro paredes que he venido a visitar.

Miro a cada lado y el azoro y embeleso son mis actitudes. Me detengo en cada esquina a interpretar el mensaje de las maestras, y enumero, una a una, las visiones que los cuatro puntos cardinales han ayudado a reproducir con la ayuda de una sola mujer y su domadora, que de cuatro diferentes maneras y en base a la rosa de los vientos, interpreta la hermosura de aquella mi belladona que de hoy en adelante vivirá colgada de las paredes de un museo.

Veamos inicialmente las características de las cuatro pinturas que las unifican y que en algún momento dentro de la evolución del ritual hicieron posible que una serie de mujeres, ya desnudas, se dejaran dócilmente maquillar a solicitud de mis impulsos literarios.

Está primero el muro norte o la mente de mi adolescencia, con la idea de una mujer morena, cabello negro, largo, semiondulado, brillante y con un peinado que implica un fervor por el desorden. El cabello hacia atrás apenas alcanza los hombros —y los toca— en su extensión (y sus dominios), en un intento por esconderlos. Sin embargo, por los lados, se rinde ante la hermosura y se aparta dejando a la dama lucir toda la cara incluyendo las arracadas de pedrería y los extremos de la sonrisa. Un metro sesenta y nueve centímetros sin tocado ni tacones, y sesenta y siete kilogramos sin ropa. El vestido que entregó a sus familiares era de un color azul gris y merecerá una aventura descrita por separado. Su edad aparente es de treinta y ocho años lo que seguramente implica una verdadera mayor de cuarenta y tres. Esto se pudo corroborar al mirarla fijamente a los ojos y penetrar su entendimiento —y su pasado— así como también al haber visto a sus hijas que acudieron esta mañana al palacio por su indumentaria, y que por el acento e intensidad de sus caracteres sexuales secundarios, habla ya de que han superado hace tiempo la pubertad y persiguen ahora a toda costa la herencia y el atractivo de su madre: ofrenda hoy aquí sentada en el tocador, frente a nosotros, ya rendida y lista para la interpretación con los pinceles.

La domadora y artista sobre esta versión femenina es una rubia de pelo largo, y que de lejos y bajo los efectos de la melancolía encuentro idéntica a una de mis heroínas secundarias, la cual en alguna época lejana llegué a adorar aún sin haberla tocado. Luce un elegante traje de noche de lentejuelas doradas e inspirado en un modelo de la antigüedad. La parte posterior del vestido lleva una cascada de tul negro plisado y lo remata un gran moño de lamé. Adorable por donde se le vea, que habitualmente es —desde el punto de vista de la víctima— desde su espalda, apenas insinuándose como un ángel y su tarea con la sierva, las manos sobre quien se ofrece, y con los ojos supervisando los movimientos que realice la modelo durante la decoración de su cuerpo. Combinan en la domadora, y celadora a la vez, de la dama desnuda −dentro del disfraz de la madrastra−: un lunar en la mejilla, una sonrisa artificial y llena de frivolidad, una mirada fingida de atrevimiento hacia la que peina, manos muy finas y delgadas, cabello largo, claro, labios rosas en equitativa consonancia con la sensualidad; en resumen una figura elegante y feroz aunque no absolutamente representativa de la autoridad y de la decisión, la melancolía, el carácter y la iniciativa: motivos todos que las deben distinguir y resaltar a pesar de competir −y convivir− en compañía de una belleza indiscutible, esta última y ahora, mi amada de pensamiento y que mira hacia adelante −hacia atrás desde el espejo. Lo hace, me observa, la ve, voltea, suspira, vibra, tiembla y vuelve a fijar sus ojos en el frente; sonríe, acepta con embarazo mis cumplidos sobre su apariencia, y los atinados comentarios sobre los colores que mejor la habrán de merecer. Se acomoda ante la indicación de su ama y se presta una vez más para con su cuerpo posar. Se trata evidentemente de una composición inspirada en la literatura clásica del mundo Mediterráneo. Bajo los rasgos de una mujer ya madura, una diosa hermosa, quizás la misma Afrodita, se presenta la hembra semi inclinada, extendida sobre un canapé −"recuéstese por favor"− se le habrá indicado desde hace rato.

A su izquierda, la domadora, ya dijimos, con un peinado a la María Antonieta, y sobre la mano de esta el delineador que apunta hacia los labios de modelo. Más allá de una especia de balcón y sobre un segundo plano, se abre un paisaje, o más bien un parque cuya sombra deja adivinar, entre la doble hilera de árboles que lo limita, una pareja escoltada con un perro, un ciervo, dos corzas y una fuente en forma de fauno de la que brota y fluye agua. Al fondo de todo, en el claro de los árboles, se distinguen unas ruinas precedidas de una bandeja de agua o de un río sobre el que el sol poniente arroja una sorda claridad. El conjunto del cuadro se baña en una luz crepuscular que se logra a estas horas −y en verano− dentro de la alcoba de la modelo.

Desde el primer momento actúa en esta obra –y quien la domina– un encanto tan envolvente que se olvida uno de ver las particularidades. Sin embargo, al reaccionar y examinarlo con ojos no del amante sino del crítico, no faltan disparates. Por una parte, un personaje mitológico, y por otra, una mujer del Siglo de las Luces de acuerdo a sus cabellos, pero adornada con un vestido inspirado en la época de la Restauración. ¿Se puede imaginar mayor anacronismo? El lugar y la decoración tampoco se preocupan de la verosimilitud. ¿En qué parte del santuario o mente del autor está situada esta escena? ¿Se trata en realidad de nuestro santuario –al que desconozco– o es una simple casa de compromiso? ¿Por qué la sospecha? Imagínense nomás un canapé colocado sobre el balcón a la vista de los transeúntes, cortinas color marrón pero semitransparentes colgadas al aire libre, así como, un poco más abajo y en la modelo, el tamaño –muy altos– y diseño de los zapatos –tacones– como único atuendo en que se nos presenta el desnudo que la artista, mi heroína, se propuso.

No obstante, regresemos al estilo. Notemos aún que para ligar mejor los objetos entre sí, no sólo extiende la artista una dominante de color en el cuadro, así como un valor adecuado a la penumbra ambiente, si no que allí, donde las formas tienden a sobresalir, tiene cuidado de disponer la transición por grados. Cuando se sigue el contorno del desnudo –con el dedo y sin que replique– se advierte que lo envuelve un ribete rojo granate o a veces rosado, que es visible de cerca y desaparece a distancia. Gracias a él, el contorno, más que una línea de demarcación, es una zona de interpretación para mi organismo. Así, por ejemplo, dirigiéndonos de nuevo hacia el rostro y solicitándole que mantenga la vista fija hacia el infinito y sin emociones, podemos, muy de cerca y sin el inconveniente de recibir aquel su enojo que frecuentemente me hipnotiza –no la promesa de una quietud y tranquilidad mientras la dibujan– observar a la institutriz iniciar su labor sobre la cara.

Inicia la aplicación de la base sobre su víctima –e irónicamente en un tiempo anterior al sorteo, su propia maestra en estas disciplinas. Ya con el rostro limpio e hidratado, comienza la domadora a aplicar la base del maquillaje sobre la modelo, en momentos con la yema de los dedos, a veces con una esponja. Realiza movimientos alargados y hacia afuera, difuminando con cuidado a lo largo de la mandíbula y del nacimiento del pelo. "No olvidar –comento yo que soy quien diseña la manera en que se le utilizará– maquillar también párpados y labios independientemente del tratamiento especial que más adelante sobre ellos se realizará".

Admiremos su labor sobre quien callada se ofrece. El corrector de orejas debe ser, y así se puso, un tono más claro que el maquillaje, y seleccionado de acuerdo al volumen y diseño de las arracadas que llevará. Para eliminar brillos, fíjense, está aplicando polvos compactos.

Discutimos la elección con la domadora. "En cuerpos y pieles de mujeres muy blancas –nos dice– material idóneo para la gula", se deberá optar en esta fase de nuestra labor por usar tonos rosáceos como los que veremos un poco después en la dama versión de la pintura de la pared del occidente. Si la piel es aceitunada, como en el caso de esta nuestra señora, se eligen maquillajes azafrán o tostados, como el que en estos momentos le estoy aplicando mientras explico paso a paso las reglas del color y la perspectiva.

Y llegamos a las mejillas –¡mmmm!– donde vemos a la artista extender el colorete desde la parte superior del pómulo, por debajo de la sien, difuminando el color hacia dentro, y dejando un espacio libre de más o menos dos dedos entre el pómulo y la nariz.

Acerquémonos al rostro, y las manos de la artista, y subrayemos algunos detalles inconfundibles en su estilo.

Veamos la situación del colorete. La dama que guía, pinta, vigila y enamora –dentro del mismo movimiento– presiona con la punta de los dedos sobre los pómulos, bajo los ojos, continuando en su caricia –perdón, en su tarea– hasta la línea del cabello. Ahí es donde debe ir el colorete. Fijémonos bien en la llamada regla de la nariz, esto es, no llevar el colorete más cerca de la nariz que el exterior del iris, o más abajo de las aletas de la nariz —¡achiú!, ¡salud!— seguimos.

"A la hora de extender el blush —comentará en seguida—, con la ayuda de un pincel un poco más grueso, conviene tomar pequeñas cantidades de la paleta. No hay que olvidar que resulta mucho más fácil corregir el color por defecto que por exceso".

Subamos un poco más. Con la esponjita aplicadora la vemos cubrirle toda la superficie del párpado con un tono más claro que el que estaba usando y ¡atención!, el tono oscuro, como ven, sólo lo ha aplicado en la parte móvil del párpado, difuminándolo hacia el lado exterior sin recargar la parte cercana a la nariz.

Nos alejamos y vemos; me acerco y la acaricio, hacia atrás otra vez, pues la ofrenda se ha espantado con mis cariños, volteando y pidiendo socorro a la mujer de donde emerge. Veamos ese movimiento de la evasiva. La torsión del busto va acompañada en el cuadro de una imprecisión en la figura de los hombros, que se hace aún más sensible por el tratamiento de la espalda en color plano salpicado de rayas amarillas y marrones. Un fenómeno de la misma naturaleza, aunque tratado de otro modo, es el que se observa a la izquierda, en el busto de la domadora, que accidentalmente se ha recargado sobre la discípula semiescultura; muy hábilmente utiliza la artista los acuchillados para producir una verdadera ilusión óptica: así su pecho, aún pareciendo de bulto, no tiene en el cuadro el peso que tendría el mismo objeto —de culto— si el modelado se hubiera obtenido por medio de sombras.

Habiéndola convencido de la inutilidad de una rebeldía, nos acercamos de nuevo a los labios —¡mmmm!— cuya aplicación pinta nuestra artista desde el centro del labio superior hacia las comisuras, y el labio inferior, desde las comisuras hacia el centro. Inicialmente aplica la barra de labios pero posteriormente cambia al pincel para difuminar el color. Para que este resulte más suave y natural se ha aplicado un poco de corrector antes de maquillarlos.

Ahora bien, en algunos casos como el de la mujer del lado derecho, y que veremos dentro de un instante, observamos que si se rellena el interior de los labios aplicando la barra con un pincel, el color queda más uniforme y natural –inclusive para las prostitutas como la que representa. ¿Seguimos?

El muro sur corresponde con aquella mujer tan distinguida que de lejos y ya con el maquillaje cobrará cierta semejanza con Raquel, nuestra amante ya conocida de otra narrativa, y que seguramente habrá de reaparecer una vez más hacia la conclusión. Podría ser su hermana, aunque más pálida por cierto, casi transparente, ligeramente menor en edad que la versión femenina de la pintura en el lado norte que ya se ha comentado; muy bonita en mi opinión, en especial con ese pelo obscuro, negro –como la obsidiana-; y en esto superando a la imagen original de la cual proviene; está peinada de chongo, y como a su imagen de ascendencia, la adornan unas arracadas a base de diminutos brillantes color de pensamiento. Lleva puesto un jersey azul que arriba limita en el cuello con una gargantilla de diamantes. Sobre su busto –transitoriamente cubierto– un broche de nácar anaranjado sobre el que aparece la silueta de su propio rostro, diez años antes y en tres cuartos de perfil. De la cintura para abajo se presenta de la manera natural –sin ropa. Un metro sesenta y ocho sin tocado, y sesenta y tres kilogramos al momento de quitarse –¡ya, ya era hora!– la única prenda que todavía la acompañaba –en azul– y que por cierto, llegó a lograr definirla entre los cascabeles en que venía envuelta para la ocasión. Habitualmente se la ha representado en nuestros relatos sentada sobre sus propios talones y las manos colocadas en su cintura, o en un gesto de lasitud y desahogo hacia su cabeza. Generalmente se la dibuja semidesnuda y una rosa blanca colocada sobre su regazo, vigilando la intimidad puesta a prueba por un perrito que escudriña por todas partes; así la hemos visto desde el principio, y así continuará hasta que llegue algún príncipe azul que la libere –con un beso– o un artista de otro mundo y excepcional, que nos ayude a encontrar el toque mágico que la inmortalice. Hablando de arte, por cierto, le recuerdo a su domadora que se le deben pintar las uñas y avisar que no se mueva durante el curso de nuestra imaginación. Se puede aplicar primero una capa base que es una laca parecida del barniz, pero sin color, y que seca más rápido. Sobre ella se aplica el esmalte —del color de los zafiros—; primero una capa y cuando seque, otra más. Por último, vale la pena agregarle un esmalte para el terminado. Se le sopla para que sequen —¿o con objeto de acariciarla ahora que ha cedido la blusa a sus admiradores?—, se le exige que voltee, se la felicita por su figura, se le regala otra flor más para la boca, y se la dispensa el que no use los zapatos reglamentarios para la ocasión.

Su domadora es morena, la de mayor edad de todo el grupo de mujeres —sin contar a las ofrendas— y sobre ella se rumora haberse excedido en caricias con la modelo en más de una ocasión. Se les había visto juntas, como es natural, pero en sus ojos las intenciones eran diferentes a las específicamente necesarias para imponer el orden de movimientos en la ofrenda bajo su responsabilidad, y serenar las emociones que surjan de manera intempestiva un poco más adelante.

Acerca de este idilio de la corifea, sobre otro —que fue el mío— y todo esto dentro de una ceremonia que no por exótica se haya alejada de lo trascendental, han surgido múltiples versiones con mayor o menor proximidad con la realidad de la hembra, y a la larga y para quien se interesa del tema, además de haberse logrado la pintura frente a nuestra vista, se ha escrito un poema llamado *Ritual*, que aunque extraño, en prosa y obsceno, alguna vez habré de cantar para salud de mis aflicciones.

En este célebre cuadro —origen del poema— colocado en la pared meridional de la habitación y cuyo tema —si no la amante— se explica como la inspiración de la domadora más el producto de los escándalos de la época y la relajación de costumbres de quien la conduce, es especialmente instructivo el empleo que hace la artista —y amante irresponsable— de los colores sobre las formas vivientes así como del claroscuro sobre la habitación. La superficie rectangular se divide en dos partes iguales: a la izquierda el biombo del follaje ocupado en uno de sus extremos por mi persona y a la derecha, ante el espejo, la doble –de cuerpo– de María Elena, sentada, acabando de salir del baño como una verdadera Susana de la antigüedad. A primera vista casi se podría creer que al cuadro le falta unidad, pues la parte izquierda se esfuerza tan ostensiblemente en sugerir la profundidad, como la de la derecha, aparte del rompimiento del fondo, aparenta mantenerse en el plano. Basta con taparlas alternativamente –sin llegar a tocar a los amantes– para darse cuenta de ello. ¿Qué sentido tiene esa anomalía? Al mirar atentamente nos fijamos en que el cuadro está hecho de masas oscuras y de masas claras, formando estas cuatro manchas de desigual intensidad: a la izquierda y arriba, la perspectiva del jardín; la izquierda y abajo, mi cabeza; a la derecha y en alto, la otra perspectiva del jardín con la figura esbelta de la domadora; a la derecha por último, el cuerpo de la ofrenda tratando de evitar la persistente curiosidad de su perrito. Estimulado por estas aproximaciones y oposiciones, el ojo del espectador alcanza alternativamente los de mi persona, para ir a posarse en seguida sobre el desnudo al que se somete a mi prometida. Es con este detalle que se enfatiza, bajo mi admiración, el deseo de quien nos observa desde su belleza.

Mas de pronto y por la soberana autoridad de la artista interviene lo que es lícito llamar un milagro. En efecto, aunque el espectador salga de su anonimato, franqueando la señal de alerta que yo les señalaba con mi indignación (dentro de mis líneas), aunque el espectador se adentre en ese universo pictórico y de sexo, parece como si la mujer quedara fuera de su alcance, como si su castidad –por acabarse– la protegiera mejor que la domadora, o inclusive que su misma capa que está a punto de ser colocada sobre sus hombros por un par de espíritus del bosque. ¿Pero es que no está desnuda y su desnudez se ofrece a quien rodea el obstáculo de mis manos? Fijémonos sin embargo, en la manera en que está tratado este desnudo. En lugar de que la luz abulte los volúmenes como en las extensiones de cualquier figura de porcelana, sufre aquí, sobre su cuerpo, una doble metamorfosis, obedeciendo por una parte, a la línea sinuosa e imperiosa de la espalda hasta donde termina –shhhh...– y evitando por otra, todo efecto de modelado un poco vivo. Esto no quiere decir que las carnes se anulen ni que se hagan simplemente alusivas. Su presencia no puede ser más firme, pero al ser transpuestas, escapan de su carácter ortodoxo para convertirse en objeto de culto para quien la atiende. En este cuadro que se nos muestra, la vergüenza no es un atributo de la persona, sino del encuadre perfecto entre su gesto y mis ojos, la domadora y sus apetitos. Es únicamente viéndola en su conjunto y apartándose lejos de su aroma (influencia), en que el poder secreto de los medios plásticos, especialmente el del ritmo, sugieren la emoción desinhibida de una pareja sobre su ofrenda del día.

Veámosla de nuevo en la escena en que se le retira la blusa; admirémosla completa, más retirados, viéndola de frente mientras desde atrás es asistida en los cuidados del cuerpo y su color por la institutriz. Levantando los brazos y volteando la mirada hacia el fondo del cuadro –y de nosotros– ofrece algo de lo mejor de su organismo, y a la vez permite que se le retire el jersey de terciopelo color obscuro del mar. Textura natural o de recreación sintética, este paño intensifica la seriedad de la escena, hace juego con los zapatos abandonados allá bajo en el suelo y resulta base de prendas únicas en esta colección. Es suave, terso como su piel; es algo serio, sereno, con garbo, severo, lleno de encanto y de misterio; piel sobre piel a la que imita, o al volar, pichón, y llegar alegre a mis manos de parte de la domadora; dejando poco espacio para la duda y la admiración; es, al compararlo y en el tacto, diseño y materia bajo el signo de la sensualidad con que la artista nos las desviste dentro de la obra.

Viene luego el tratamiento sobre los senos. Vean como el escote –cuando ocurre– y los senos como los de ella, componen una de las zonas más sensibles del cuerpo al momento de combinarlos con la luz, y asimismo, más fácilmente predispuestos a seguir las leyes de la gravedad con los movimientos. Se han probado infinidad de mezclas para lograr esa textura indispensable para quien los enamore. Existieron en épocas pasadas los extractos de plantas como el aloe vera, las almendras dulces o el aceite de sésamo, el extracto de hamamelis, el kiwi o la esencia de la papaya que se decía, ayudaban a mantener la tonicidad de la piel, este sostén natural y tan eficiente para las tetas femeninas. Vimos hace unos instantes a la artista, en algún momento de su labor, aplicarle un yogur batido repartiéndolo suavemente sobre toda la superficie. Diez minutos después se le retiró con agua fría, el mejor tonificante para su busto. "Limpiar la piel –me comentaría– es esencial para purificar y eliminar todas las impurezas que el seno va acumulando, principalmente debido a la imprudencia de la mayor parte de las caricias".

Me ha sugerido en este momento que corrobore con mis manos el efecto del tratamiento. Lo hago y con la maniobra despierto a la modelo, la distraigo de su hipnotismo, y la sacudo de su permanente tendencia a inmovilizarse como gacela ante la presencia del depredador.

Hagámonos otro tantito para atrás, aún más, y observemos el resultado que la proposición de la domadora ha logrado sobre la estética de nuestra pareja. Es ella misma que agita las mamas para corroborar el efecto de los colores con los que se ha puesto a trabajar. La mirada, animada por un movimiento pendular, oscila sobre su cuerpo –al ser detenida encima de la cabeza por el elaborado peinado que se le preparó–, y a los pies, por la presencia imprudente de la mascota que se regodea. Mientras que la ofrenda admirada y pintada hace rato y en el lado norte, invitaba a nuestro ojo a recorrerla como una pieza de porcelana, esta modelo nos ofrece un itinerario cuyas vueltas tienen el encanto de un paseo (no es por azar que la artista sugiera un corredor sobre el fondo de la pared). Sigámosla.

Al retraso del codo derecho, al inclinarse nuestra mujer frente al espejo, corresponde al adelanto de la rodilla, lo mismo que en un segundo plano y cerca del centro del cuadro, el conjunto del cuerpo divino y expuesto, resalta con ese gesto y el desdén propios de una señorita de virtudes, evidentemente en oposición axiológica y de brusco contraste, con su actual condición de ofrenda que dentro de unos minutos expondrá fielmente sobre la plataforma.

Volvamos a la perspectiva desde su perfil. Bien mirado, la ofrenda y su docilidad están pintadas en una posición casi irreal. Mientras que la dama del Norte que hemos dicho reposa parcialmente en un canapé donde da la impresión de haber estado semiacostada durante su decoración, esta señora un poco más seria —y blanca de cutis— aparenta estar más "puesta ahí nomás" sobre este mundo que la vigila. Su cuerpo apenas hace hoyo y casi se llegaría a decir que está como suspendida entre mis ojos y el aliento de quien la ilumina: la artista, esa mujer y corifea, mi socia, quien emocionada ante lo que de sus manos surge, pero inhibida a medias por el mínimo gesto de desprecio de quien ha perdido algo más que la ropa, se compromete con la iluminación. Más adelante, enfrentará a su rostro —el de mi ofrenda— la mirada de censura de alguien a quien la belleza se le ha impuesto como una disciplina en complicidad con mi narrativa.

Regresemos al contorno en la modelo por un último momento. Su cuerpo apenas toca todo y a todos los que la buscan, y casi se llegaría a decir que flota o como que se fuga, cual Proserpina, y que fracasa; y en ese evento final digno de mejores plumas, resulta presa fácil de quien la inventa bajo las órdenes dictadas por el anónimo autor. Este aligeramiento se refuerza por la presencia a sus espaldas del perrito, que alzado sobre sus patas y pintado sin modelado, parece un motivo decorativo destinado a sostener la presencia carnal —y terrenal— de esta mujer que al posar sus nalgas sobre nuestra realidad, inaugura un nuevo mundo de sensaciones del que difícilmente lograré salir bien librado de la mente.

En seguida y tornando hacia la derecha la jamba del sol naciente sugiere a una mujer castaña que hace tiempo, y originalmente, era de menor edad que las demás aunque desde entonces y a costa de sacrificios ha madurado hasta los veintisiete. Al principio se acostumbraba cubrirla con un jersey idéntico al que se refleja en su equivalente —¿y enemiga?— mujer de los muros sur. Hoy, y en base a mis sugerencias y las pretensiones para no olvidarla, se ha modificado radicalmente su aspecto y tolera el desnudo absoluto con una serenidad digna de alabanza. Un metro sesenta y cuatro centímetros sin tocado y sesenta kilogramos.

A esta docilidad y tolerancia que se comentan frecuentemente como virtudes en mis ofrendas han ayudado, en esta, además de las horas a solas y entre los cristales, y la experiencia vital ante sus seguidores, su nueva edad, barniz de uñas y su pulsera, el tocado estilo gorro frigio que raramente abandona, y también, ¿por qué no?, Eugenia, su domadora y dueña de cadenas, mucho más alta y segura de sí misma que mi modelo y prometida, a la que se atrevió a cargar en sus brazos durante los momentos difíciles (de la anunciación) y a pesar de las advertencias. Viste de negro para las faenas con la ofrenda, y hablando de institutrices, es de entre todas, la que más se aproxima a la definición de ternura inaparente, calor humano, gracia, belleza –alcanzando casi a la de la víctima–, soberbia autoridad y majestuosa presencia junto a la novia correspondiente, su obra, que posa desde hace un rato para nuestro capítulo.

Centrémonos en la cara de la víctima. Acérquense más a observar ese rostro y aspirar ese aliento que deja un sabor a tristeza. Es la modelo en fresco de la otra modelo en sanguina que se ha guardado como tradición. Una es para el dibujo, la otra para la expresión en color; elección favorable del rostro y los ojos que miran de frente y hacia el infinito –correspondiendo aquel a su propia imagen en el espejo y la mirada de regreso que le contesta–; cada una para la otra, se miran, se observan, se ríe y estornuda: ¡Salud!

¡Ay mujer y tu desnuda! –comenta la domadora–. ¡Ay! ¡Ay! ¡Ay! ¡Ay! No me pellizque –me suplica la concubina –¡ay!, ¡ay!– prosigo con la aventura –¡ay!, ¡ay!–. Hay para rato substancia de gozo y motivo palpable para la lujuria. ¡Por Dios no te cubras! –consejo de amiga–, así, así, alzándole el rostro de la barbilla para admirar los últimos toques a nuestra obra: la base es dorada; el delineador, ágata y verde intenso; la sombra en oro, cobre y café obscuro; las pestañas, azul índigo; y en las mejillas, un ruborizador rojo obscuro. El punto focal son los labios, en rojo fucsia, al igual que las uñas que ahora muestra al momento del beso sobre la manita que estiró tímidamente para saludarme: ¡Hello, *lady* señorita!

Me alejo unos pasos y detengo la mirada en su conjunto, cuerpo y alma, sillón y tocador; la altura del asiento pliega su cuerpo ligeramente con lo que, por accidente y de manera casual e involuntaria –pero preciosa para el estilo– deja a sus piernas en una posición semiangulada, con lo cual las rodillas protegen con discreción los tesoros de su pelvis. Por atrás...por atrás... por atrás –¡mira nomás!– la domadora me avisa que el espectáculo es inolvidable. Permanezco frente a sus ojos mientras la mujer de la mujer prosigue en su narración sobre la anatomía de la primera –¡Ay qué linda! ¡Ay! ¡No te muevas encanto!–.

En lo esencial, ese hechizo se debe a la poesía voluptuosa, discretamente acentuada de sensualidad, que emana del cuadro y se refleja –a través del espejo– en nuestras conciencias. A pesar de la audacia del planteamiento, no hay, sin embargo, un mínimo detalle de vulgaridad. La modelo no está desvestida, sino que está desnuda –aunque en contra de su voluntad–, y la compañía de mi persona, en traje de gala, así como la dirección aparentemente tan atrevida de mi mirada, lejos de introducir turbación, evocan un ambiente en que todo asunto ordinario del mundo queda proscrito de aquella imagen; cuadro este, que reclama una lectura más lenta y más compleja que la de los anteriores.

Horizontalmente, los dos tercios del fresco están ocupados por el cuerpo en oblicuo de la ofrenda y un tercio es el que ocupo yo; pero simultáneamente se observa en sentido inverso, o la vertical, que dos tercios de la pintura los ocupa la presencia graciosa y con garbo de la domadora –en azul– y un tercio por el busto –y rodillas– de la mujer bajo su responsabilidad que sonríe de manera nerviosa. Por último, se aprecia que el rectángulo en que se inscribe el desnudo corresponde a la zona que más luz –y desde el espejo– recibe en la imagen sobre la pared; el fresco es admirable y con la disposición que se ha descrito, se demuestra el afán que tenía la artista de ligar las partes entre sí por el movimiento a que es arrastrada nuestra mirada, y que la presencia de referencias simétricas se logra con el efecto estético que tanto tiempo estuvimos discutiendo en la sobremesa.

Recorramos otros detalles aparentemente minúsculos pero fundamentales para el *connaisseur*. Volvamos a la mujer, a su rostro que domina el espíritu de la escena y pocas veces he visto tan bello como la artista lo dejó. Para adelgazar su cara la domadora aplicó rubor justo debajo de los pómulos; para que la nariz se viera menos ancha, se aplicó un poco de corrector justo al lado de las fosas nasales, antes de ponerle el maquillaje líquido. En cuanto al tono, lo estudió la artista detenidamente y por varias horas, incluyendo el lapso del recorrido por el jardín. Durante el camino llegó a dudar de entre los tonos cálidos, los fríos o los neutrales, a su vez estos repartidos en grupos, desde los más naturales hasta los más vibrantes. Finalmente, al momento de sentarla frente al tocador y reconocer el auténtico carácter de la mujer, ya de cerca y entre los besos, comprendió que para el tipo de señora, tan natural y fresca como vaporosa, el mate resaltaría esa impresión de inocencia imposible de reconocer en sus compañeras de galería.

El tratamiento de los accesorios muestra el mismo afán de correspondencia. En el cuadro del sur, quizás el que más influencia tuvo en la artista sobre este, los paños del lupanar —que suponemos, cubrieron en algún momento a mi prometida— están apenas arrugados en el medio, descritos gruesamente por el pincel, anudados más bien al modo de un músculo, y los pliegues de la túnica de la ofrenda —a punto de colocársele— se suceden en una red espesa, como una serie de ligamentos, marcado cada uno por una arista definida. La tela roja de la cortina que la protege de la segunda luz —y de los ojos— que vienen desde el balcón, es un tejido uniforme sobre el cual corre un motivo decorativo que evoca la sensación de una materia firme y preciosa. Ahora bien, aquí ahora, y con la modelo castaña y de menor edad, los accesorios cambian de aspecto y los pliegues aquellos de la túnica dejan su puesto a un lienzo blanco cayendo distraídamente desde sus piernas, un vasto oleaje de seda y plata que resalta, por otro lado, el color de la lencería dispersa aquí y allá sobre la alfombra persa y entre dos perritos.

Así, entre estos, los dos cuadros más semejantes, el del sur y el del oriente, los accesorios —y su color— se acomodan al carácter de la mujer que se nos ofrece; en el primero, cargan el acento sobre una estructura plástica; en el segundo, sobre una, diríamos que hasta musical, como si los objetos mismos, y el desgano en cubrir las apariencias —y su decoro— fuesen dejados en la incertidumbre de nuestra interpretación.

¿Qué otra diferencia, además del amor equivocado que sobre la primera he tenido desde que la conocí, existe entre estas dos pinturas más similares? Como un trozo de ámbar la novia de pelo castaño que ha pintado aquí la artista, se me ofrece en todo el esplendor de su juventud. Estamos muy lejos de la pared meridional, pero lo que pierde en reposo y misterio, lo gana en fogosidad de las imágenes. En aquella primera pintura, localizada de frente al entrar en mi pensamiento (la habitación), aparece inmediatamente una figura femenina madura y en exceso de sensualidad desde que la saludamos. No es, al compararla con esta otra, la muchacha en la solitaria irradiación de su belleza. La edad —o la experiencia— la lleva a soportar la compañía de otros seres. Ahora bien, aquellas niñas traviesas danzando alrededor de quien admiran, son relegadas, en este cuadro del oriente, a meras siluetas difusas y en verde obscuro al fondo de la habitación, y se substituyen, en el primer plano, por mis intentos y gestos —para algunos desesperados— por declarármele a la mujer.

¿Qué se ve hacia el lejano oeste? A la jamba occidental empotrada sobre la pasarela de este lenocinio, ha acudido una mujer pelirroja que inicialmente usaba unas bragas de satén plateado. Se las ha quitado a nuestra solicitud y sólo conserva sus zapatos —del mismo color reglamentario— y su cabello, que baja más allá de los hombros como queriendo de manera heroica, accidental, pero desafortunadamente inútil –para su causa– cubrir unos senos ligeramente menores a la proporción de sus caderas.

Conviene aclarar que esta última pintura forma parte de una larga serie de sesiones que tuvo la artista en privado con María Teresa, queriendo con este encierro ilustrar el proceso de la coloración del cuerpo que se desvanece. A través de sus famosas clasificaciones cromáticas y del cuadro como la forma más pura, la artista ha querido mostrar al mundo, en esta obra, el impacto estético de la simplificación: mujer desnuda sentada y sorprendida de sí misma.

Deteniéndonos en la artista y lo que aún persigue –además de otras mujeres–, conviene recalcar que ya desde el principio de esta década, sus pinturas habían ido adquiriendo un claro matiz afrodisiaco e intimista, clásico como desvergonzado, empleando una iconografía agresiva, animal, sexual y mítica, que era aplastada y disimulada sobre el contorno de la modelo que la acompañó. Es, sin embargo, en esta época ya reciente, que puso en práctica la decoración absoluta, para hacer más evidente el carácter expresivo del acto físico de pintar, lo que le llevó a extender la duración de las sesiones. Por último, desde el año pasado, abandonó el caballete como el tocador y situó a la modelo directamente en la plataforma de su inmolación, lo que le permitió disfrutar de una entera libertad para moverse con la futura amante, desarrollando al mismo tiempo un maquillaje subliminal. Modificó también la técnica del goteo y rociado de la pintura *(dripping),* que aplicaba sobre la ofrenda alrededor o encima de las sábanas que la protegían.

"Estudio para homenaje al cuadro: Mujer I", que es el nombre que ella puso a este lienzo de la pared occidental, representa el lado más descarnado de la pintura de acción con influencia europea. Las figuras o cuasi figuras que resultan de sus violentas pinceladas o brochazos, se recortan unas veces sobre un espacio enrarecido (*no-enviroment*) y otras se funden con el entorno, como aplastadas y reducidas (seducidas) a meras expresiones subliminales. La artista se siente atraída por el cubismo, por Mattise, así como por el surrealismo y el neoplasticismo de Modrian, y desde luego por María Teresa. En su pintura intervienen elementos figurativos y abstractos conciliados con gran acierto. Mujer I forma parte de una serie de cuadros realizados entre los treinta y treinta y tres de la pintora –su mejor época de celo– en los que además de abordar el maquillaje integral de la cara a las uñas, de enfatizar los contornos de la desnudez femenina hasta entonces evitados, o resaltar detalles tan intimista como el de los tacones de la joven, van apareciendo junto a sus modelos de lujo, una, dos, tres niñas aquí y allá, con la mujer ofrenda sentada y desnuda de frente a su tocador como tema principal; cuadros todos de una plasticidad atrabancada, y en los cuales la artista dio cuerpo a su escondido sentimiento obsesivo, casi religioso, por los aspectos más inexplorados de la sexualidad.

La última modelo resulta quizás fría, triste y agotada, como estética paradoja ante la belleza que debería salir de las manos de quien la dibuja en cuerpo y los excesos de mi imaginación; a pesar de las lágrimas que arruinaron un primer ensayo de personaje y de pintura, no es muy diferente a las otras tres aunque mucho, mucho más joven y alegre como discípula y sucesión que es de las imágenes anteriores y de donde proviene; un metro sesenta y un centímetros sin tocado y sesenta y cinco kilogramos al momento de entregarme voluntariamente sus calzoncillos –en presencia de la conductora como testigo, quien todo el tiempo nos acompañó y le facilitó los diálogos que sus líneas y buenos modales le indicaban para la ocasión.

La experta del nuevo caballete se llamó Elsa en alguna ocasión; es morena, delgada, seria, mayor, y además de cuidar a su presa, pintarla, besarla, entrenarla sin cadena, amarla, cargarla –y entonces, olerla– quererla, acariciarla y besarla otra vez –sin relajar un mínimo la disciplina– siempre se ha enorgullecido de ser la más enérgica de todas las domadoras de la estación. Viste para su faena, y en base a mi gusto por lo elegante, un conjunto muy propio para la ocasión. Luce para sus propósitos, y en oposición al color del cutis desnudo de su doncella, un vestido muy moderno y en juego con el tipo de escuela que prevalecía al momento de la elaboración de esta pintura. Para las románticas incurables comentaré que se trata de una chaqueta en suntuoso terciopelo rosa y lamé metálico, combinado con vestido largo y semitubular en el mismo color, blusa con bandas de dolmán, mascada de raso en amarillo, brazalete de gozne y valija de *attaché* en cocodrilo mate glaseado, donde, dicen, acostumbra guardar con más orgullo que melancolía cada una de las bragas de las mujeres que con éxito ha cargado dentro del ritual hasta su habitación.

Haciendo juego con el conjunto, el estilo y el carácter de la modelo, esta celadora y artista ha utilizado en ella un maquillaje de primavera, y a sus cabellos lo reúne por detrás en una cola de caballo que llega hasta la cintura. De manera personal he certificado la graciosa y sutil manera en que conduce a su víctima hasta su destino; ha logrado maravillas con su muchacha que al principio, hace unas semanas, para nada se prestaba, y hoy, esta luce tan natural como puede hacerlo cualquier ofrenda en desprotección al someterse a una ceremonia tan lacerante para su punto de vista –ya desnuda– o atrevida de acuerdo a la demás gente –rodeándola al desfilar.

Esta versión femenina fue pintada mucho tiempo después que las otras tres –de ahí el diseño moderno que se señala en el conjunto de la domadora. Sin caer en atavismos nos atrevemos a sugerir una influencia abstracta y de postmodernidad, corroborado esto no sólo en la forma sino por la significativa relajación de las costumbres. En ese periodo la artista iba renunciando, dentro de su evolución y sensibilidad, a aquellas construcciones ovales, en deuda con el Rococó y presentes en las demás paredes, así como también se desvanecen aquellas secuencias geométricas, ya tardías dentro de su estilo e inmediatamente precedentes en su obra mayor, para volcarse ahora y en grande –y en la víctima más joven (y pelirroja)– sobre la explosión de la magia y el placer de las formas, al inventar un mundo antropomorfizado y siempre en referencia al cuerpo desnudo de la víctima, y que desde donde siempre se parte para la creación.

Ya a primera vista saltan a los ojos las diferencias entre la pintura –y mujer– frente a la que estamos y sus compañeras dentro de mi admiración; nada de objetos gratuitos, nada de espacio en el descuido, nada de luz en un desperdicio; en una palabra, nada que oculte mis verdaderas perversiones plasmadas sobre la pintura. De los pies hacia arriba: en viaje por la fantasía; travesía de los ojos y del apetito sobre un brillo metálico que la define; sus tacones, elegantes como diminutos, plateados –ya dijo– y que la hacen lucir su precocidad, contradictoria dentro de la escena, y la detiene frente a su vuelo, quizás absurdo pero divino dentro mi entender. Más arriba y persiguiendo los contornos de la silueta, las caderas apenas se adivinan entre el juego de efectos que logra su modo de sentarse y el movimiento –detenido– de una bata que le ofrece la domadora sin que sepamos la conclusión. Se vierte el erotismo de quien la pintó. Se nota el desbordar afortunado de quien sabe con lo que cuenta y que hacer de ello entre los colores. La ofrenda aparece y desaparece, la sugerencia, más que la presencia, es lo que define las escasas señales insinuadas entre los tonos: las piernas que cruza, el desdén con que posa, la alegría de su sonrisa, la inquietud durante las caricias, el rápido aletear del abanico –¡ay qué calor!– el nacimiento de Venus, en niña y dentro de lo abstracto, ante la voluptuosidad irresistible que surge por su actitud dentro de su figura. Todo, todo es ya más resultado de mi deseo que traducción inmediata de lo que la artista –también enamorada– quiso decir al iluminar a mi prometida.

¿Qué nos dice, dentro de los colores, la presencia de mi prometida ante el tocador?

La obra es admirable y los propósitos de la artista se distinguen en cada segmento del fresco monumental. En ella la ofrenda se ofrece a nosotros como un ídolo sobre el que se posan largamente nuestros ojos en un silencio que nada turba. La parte derecha del cuadro está dedicada a su devenir de víctima hasta el momento presente. En el lado izquierdo las niñas, relegadas a un segundo plano y enfatizadas en ocres, se sustituyen en el primer plano por la domadora más atractiva, que de pie y detrás de la modelo, fija su mirada en el espectador. Este especial arreglo en que las mujeres se acomodaron para ser dibujadas –si es que lo adivinaron en algún momento– cambia nuestra manera de entrar en contacto con el cuadro. La mirada, solicitada por dos polos de atracción, va alternativamente del desnudo de la ofrenda –en equilibrio con el rosa– hasta la silueta de quien la vigila –en equilibrio con la piel al descubierto–, y aunque la preferencia corresponda sentimentalmente siempre a la primera, no puede descuidarse por completo a la segunda, que por su seriedad resalta sobre el tercer elemento, lúdico e infantil, del juego hacia el corredor. La consecuencia que se adivina en este cuadro es que el desnudo tiene relativamente menos importancia que en los demás frescos, por tanto, que la belleza de quien aquí modela se debe menos a la exaltación de su forma y de su carne, que a un encanto más secreto al que no es ajena la institutriz.

Y si nos ponemos a interrogar a los personajes, no disminuyen las dudas. ¿Qué habían estado haciendo exactamente sobre la muchacha pelirroja las niñas que la rodearon junto al tocador, dirigiendo sus miradas hacia el desnudo, y sorprendidas por el experto que analiza el pentimento? ¿Quién ordenó que se alejaran las niñas dejando a mi amante bajo el influjo solitario de quien la pinta? ¿A qué hora termina la época del juego y comienza, con los deseos, la veracidad de una perversión, en este caso sáfica, de las mujeres que apenas inician su desarrollo –inclusive dentro de la pintura–? ¿Por qué ceso la algarabía? ¿Qué respondería la ofrenda si escucháramos de entre los colores, lo que sincera responde a las insinuaciones de quien le da forma y la maquilla?

Quizás nos demos cuenta mejor de cómo organizó esta vez la artista las formas de esta modelo, en una estructura cromática sincera y violenta en su presentación. Si pugnamos por la belleza, independientemente de la veracidad al momento de poseerla, los ojos, de la adolescente, les aseguro, deberán tener una gran profundidad y, al mismo tiempo, un cierto destello;

ese efecto se logra al combinar sombras azules y violetas como se puede notar sobre la pintura, y al momento en que deje de distraerse mi prometida para voltear y atender los llamados de su admirador. Desde luego, se trata de pequeños detalles de color en los párpados, pues llenar todo el contorno de los ojos con estos colores sería contraproducente. Por lo general, la sombra azul se aplica entre el límite de las pestañas y el pliegue, difuminando perfectamente a medida que sube y hacia los extremos. La sombra violeta va en la parte de la órbita, más o menos de la mitad del ojo hacia afuera, también muy difuminada.

Ahora bien, en lugar de obedecer al dibujo lineal o a la perspectiva, como ocurre en el norte y en el sur –inclusive en el oriente–, en este fresco el mensaje nace de la misma elaboración del color fecundado por el claroscuro. La cosa resulta aún más evidente cuando se examina el modelado. Este no es mecánico, ni uniforme. Muy escueto en el contorno del desnudo, se percibe un poco mejor en el centro del cuerpo, por debajo de los senos, hasta los músculos, y en la parte derecha de la espalda, imagen esta última que en el espejo de mano de la institutriz nos ofrece al recibir, a su vez, el reflejo correspondiente al otro espejo, frente al cual se ha sentado a mi prometida ofreciendo su rostro a quiénes admiran la pintura.

El mismo estilo se encuentra también, aunque tratado de modo muy distinto, en los pliegues de las telas –la pantaleta y el vestido, ambos blancos– que enarbolan las niñas con travesura en el tercer plano de nuestra escena. Es notable a este nivel, que la imagen evoca menos la sensación de un apetito y su desviación, que la del ritmo y la gracia, sirviendo así, ante todo, a un fin dinámico de los eventos.

Es una razón dialéctica la que con el pincel se atraviesa de uno al otro lado del muro pintado para la dama. La gracia, la inocencia y la frescura de las niñas se combina –¿contradice?– con la furia, la belleza y la vergüenza de esta ofrenda menor que intenta evitarse; y contrasta también con la mirada, que tanto dentro de la pintura como en la vida, se dirigen lascivamente a lo que involuntariamente la modelo ofrece de sus atributos. Mas el hallazgo del genio —en la domadora— es el de haber hecho de una necesidad animal dentro de mis vísceras, un pretexto para mostrar la expresión estética de una realidad mucho más profunda: la diosa —que en eso se le convierte al desvestirla— madura en su cuerpo, recibe de manos de quien la pinta, los "velos" —en la metáfora— del claroscuro a que tiene derecho el amor que la pintora le profesa.

Ante este cuadro de lirismo que verdaderamente no mantiene ya más que una ligera relación con la realidad visible, la cuestión que plantea en seguida es esta: ¿Tiene esta obra un sentido, un valor? ¿Qué hay que hacer para descubrirlos? Y sin querer llegar a groseras simplificaciones, señalo que posiblemente la respuesta radique en la imagen, atrabancada e insensata pero tangible, de los ojos de la mujer desnuda, que me han seguido todo el tiempo por su recorrido.

Al final de su destino —y las cuatro paredes— uno descubre el secreto de la obra de la artista repartida en cuatro vocaciones y lo que aún queda por leerse sobre su creación; sus pinturas que invitan al silencio, o como ha dicho un crítico, a la "rendición ante el vacío existencial de cualquier tema sobre meretrices", sensación que aumenta al mismo tiempo que el color obscurece y las medias se elevan hasta la cintura.

En cierta forma su postura ha reflejado la ortodoxia teórica del informalismo (vertiente gestual) a pesar de sus figuraciones. Sus deformaciones figurativas recuerdan, en efecto, los violentos ataques que una antigua domadora estableció como la pauta.

Sin duda estos cuatro óleos cardinales en la vida de la artista representan, en conjunto, el ejemplo más fino y acabado de la mutua masturbación femenina a través de mi pensamiento y saciedad, si bien un cuadro anterior de su compañera nos mostraba ya a la mujer en el acto de acariciarse dentro de la soledad. Se trata, como ven, de una obra de carácter intimista, parcialmente abstracta, en la que las formas de los ojos o los genitales, el nombre de la mujer o su príncipe para soñar, no guardan sino un ligero esbozo sentimentalista sobre este teñido cuasi oriental de pintura sobre la superficie.

Para la artista es este su modo de protestar ante las humillaciones de su género, así como subterfugio para mostrarnos lo más hondo de sus contradicciones al participar decorándolas.

En sus pinturas, como en estas que presentamos aquí, el espacio se fractura en múltiples planos materialmente distintos, que sugieren un mundo en explosión, "un cosmos que retorna al caos", como diría mi inspiratriz, si aún dibujara o estuviera dictándome en colores —durante mi infancia— lo que ahora les he terminado de narrar sobre mis objetos de amor.